韓孟詩論叢（下）

李建崑◎著

自序

韓愈是中唐文學巨匠，不僅倡導文體改革、創造出樸質健勁的古文，也同時在詩歌形式、內涵、語言、風格方面，有嶄新開創。而孟郊雖無古文作品傳世，卻以奇險拗折的五言詩，贏得千古盛名。以孟郊韓愈為核心的「韓孟詩人集團」，更成為貞元、元和、長慶時期的重要文學群體，兩人同被李肇歸為「元和體」。

筆者一如尋常青年，在中學階段，才接觸韓愈作品。當時雖能感受韓文氣勢之雄偉，卻莫知所以然。負笈中興大學之後，從諸城王禮卿教授習古文，聆聽王師論析〈進學解〉，始悟韓文體製之美、章法之妙。至於進一步研讀韓詩，則是民國七十六年秋天，進博士班之後才展開。

筆者有幸成為臺灣師大邱燮友教授及臺大羅聯添教授的學生，並獲得兩位師長悉心指導與加持。在羅師協助下，收集到三百餘種海內外論韓資料。前賢研究成果，美不勝收，也不免心生戒懼，使研究領域一再修改，最後以《韓愈詩探析》一文，獲得國立灣師範大學國文研究所博士學位。

畢業之後，筆者回中興大學中文系任教，正思索下一步的研究方向時，又獲得邱燮友、尤信雄等師長指引，展開孟郊詩歌文本整理與校注。四年間，也寫下六篇孟詩論文。以後筆者的注意力雖逐漸轉向中唐詩人張籍與王建，但韓、孟詩的研讀，仍持續不斷，此一經驗，使筆者在寫《中晚唐苦吟詩人》一書時，獲致不少研究靈感。更因多年寢饋其間，已有不少好友戲稱筆者為「韓孟子」，筆者的個人網站，也乾脆以「韓孟子」為名了！

收集在本書的十六篇論文，其中若干篇是由筆者未發表的博士論文中取材、修改而成。先後發表在國立中興大學文學院《文史學報》、《夜間部學報》及《興大中文學報》、《國立編譯館館刊》等學術刊物；也有數篇曾在中國唐代學會、古典文學研究會、中正大學、東海大學等單位所舉辦的學術研討會上宣讀。發表之後，獲得學界同仁的謬賞，其中若干篇，僥倖獲得當年度國科會研究獎勵。

本書之完成，承受不少師長、親友、同僚、學生的關懷與協助。大家的恩典，永難忘懷！是為序。

李建崑　自序於國立中興大學中文系八一七研究室

二〇〇五年十一月五日

目次

一、試論韓愈七首託鳥為喻之古體詩

壹、引言

韓愈是中唐文學之宗匠，他的詩歌，尤其是古體，不論語言風格、章法技巧，都有獨特之成就。宋歐陽修稱其「資淡笑，助諧謔，敘人情，狀物態，一寓於詩，而曲盡其妙。」[一]清東方樹亦認為「韓公詩文體多，而造境造言，精神兀傲，氣韻沈酣，筆勢馳驟，波瀾老成，意象曠達，句字奇警，獨步千古。」[二]可以說，韓愈是唐代李杜以後，唯一可以和李杜匹敵的大家。

他的才情高，學思富，運用學問才力，恢張詩境，詩家奧衍一派，便開自韓愈。宋代著名的詩人蘇舜欽、梅堯臣、歐陽修、蘇軾、王安石、黃庭堅都或多或少受到韓愈的影響。因此前人既肯定韓愈文起八代之衰，也認為詩歌橫絕一代，卓絕千古。

筆者研讀韓詩，深為韓愈筆力之放恣，體制之神奇所傾倒。乃擇取數首託鳥為喻之古詩作為論析對象，參酌舊說，鎔以己意，企望藉此管窺其雄奇之造境，彰顯其特異之姿采。

一　見宋・歐陽修：《歐陽修全集》卷五《詩話》頁一一一，河洛圖書出版社下冊。
二　見清・東方樹：《昭昧詹言》卷九，（臺北，廣文書局，一九六二年八月）

貳、岐山鳳凰

在韓愈之古詩中，多次提及鳳凰。如〈重雲一首李觀疾贈〉之云：「勸君節飲食，鸞鳳本高翔。」是以鸞鳳高翔來鼓舞李觀，使他早日恢復健康。〈聽穎師彈琴〉云：「喧啾百鳥群，忽見孤鳳凰。」則以鳳凰象喻琴聲之清越。〈南山有高樹行贈李宗閔〉云：「上承鳳凰恩，自期永不衰。」則喻指君上之恩寵。數詩提及之鳳凰，喻意皆淺。但是〈岐山下二首〉則不然，韓愈在此詩中，則賦與鳳凰較為深刻之涵義。詩云：

> 誰謂我有耳？不聞鳳凰聲。褐來岐山下，日暮邊鴻驚。丹穴五色羽，其名曰鳳凰。昔周有盛德，此鳥鳴高岡。和聲隨祥風，窈窕相飄揚。聞者亦何事？但知時俗康。自從公旦死，千載閟其光。吾君亦勤理，遲爾一來翔。

按：詩題之岐山，在鳳翔府扶風郡岐山縣（《新唐書．地理志》）唐德宗貞元八至十年（西元七九二至七九四年）間，韓愈嘗游鳳翔，當時唐與吐蕃和戰無常，京西節度使邢君牙在此且耕且戰，防備吐蕃寇邊。韓愈〈與鳳翔邢尚書書〉云：「愈也生七歲而讀書，十三而能文，二十五而擢第於春官，以文名於四方。前古之興亡，未嘗不經於心也；當世之得失，未嘗不留於意也。常以天下之安危在邊，故六月于邁，來觀其師。及至此都，徘徊而不能去者，誠悅閤下之義，願少立於階墀之際，望見君子之威儀也。」[三]可知韓愈遊鳳翔之動機，固然是關切天下之安危，一方面亦不乏干謁之用意。

岐山是周朝興起之故地，《國語・周語》云：

周之興也，鸑鷟鳴于岐山。[四]

韋昭注云：

鸑鷟，鳳之別名。

又《山海經・南山經》云：

又東五百里，曰丹穴之山。其上多金玉，丹水出焉，而南流注于渤海。有鳥焉，其狀如雞，五采而文，名曰鳳凰。首文曰德，翼文曰義，背文曰禮，膺文曰仁，腹文曰信。是鳥也，飲食自然，自歌自舞，見則天下安寧。[五]

以上兩段文獻，正是韓愈創作〈岐山下〉之典籍根源。〈岐山下〉前四句便是針對《國語・周語》所載而發，末十二句則就《山海經・南山經》所載寄意。由於前四句韻腳隸屬「庚韻」，後十二句之韻

三　見清・馬其昶：《韓昌黎文集校註》卷三，（台北，漢京文化事業公司，一九八三年十一月）頁一一九。

四　見《國語・周語》上，（台北，里仁書局版新校本）頁三十。

五　見袁珂《山海經校註・南山經》，（台北，里仁書局版）頁十六。

腳為「陽韻」本詩遂被誤為兩首。可是前四句之句意不完整，無法單獨成篇，再者，庚陽二韻在古音之中可以通協，所以視為一首為是。

韓愈滿懷思古之幽情，往來於岐山，期望親聞鳳鳴，奈何未能如願，故曰：「誰謂我有耳？不聞鳳凰聲。」然則，所見所問者何？曰：「揭來岐山下，日暮邊鴻驚。」原來不但聽不見鳳鳴，反而只能聽到鴻雁驚叫之聲。對照史書，可知吐蕃連歲來犯，邊地十分不靖。因此，「邊鴻驚」之「驚」字已能傳神地表現塞外風雲之緊急。

「丹穴五色羽」以下八句，正寫鳳凰，謂丹穴之山有五色鳥，名曰鳳凰。周朝先祖，德望崇高，此鳥嘗鳴於高岡。而聽者有何感受？但覺時俗美好，庶民安康。然而，眼前之情境卻與歷史記載大相逕庭，因有「自從公旦死，千載閟其光」之感慨。既然今上勤明，或有郅治之望，故以「吾君亦勤理，遲爾一來翔」作結，表達他綿綿無盡之期待。

值得注意的是本詩前四句，猶視鳳凰為現實存在之鳥；中間八句之鳳凰已抽離血肉，成為存在於歷史之神物；結尾四句之鳳鳳，則已抽象化，成為「望治」之象徵。

參、凌風欲舉之鳴雁

青年時期之韓愈雖熱衷於功名，仕途並不順遂。貞元八年（西元七九二年），四度應舉，方能進士及第。隨後貞元九年、十年、十一年三度應舉博學宏辭科，皆無成，三度上書宰相求仕，不獲回報。

貞元十二年（西元七九六年）始佐宣武軍節度使於汴州，擔任觀察推官。貞元十五年董晉逝世，汴州兵變，遂依附徐州刺史、徐泗濠節度使張建封擔任徐州節度推官。但是韓愈在徐州並不能一展抱負，深感鬱鬱不得志。韓愈在〈與孟東野書〉中曾經吐露內心之苦悶：

吾言之而聽者誰歟？吾唱之而和者誰歟？言無聽也，唱無和也，獨行而無徒也；是非無所與同也，足下知吾心樂否也。[六]

又云：

去年春，脫汴州之亂，幸不死，無所於歸，遂來于此。主人與吾有故，哀吾窮，居吾于符離睢上。及秋，將辭去，因被留以職事。默默在此，行一年矣，今年秋，聊復辭去。江湖，余樂也，與足下終幸矣。

在〈從仕〉一詩中亦感歎：

居閑食不足，從仕力難任，兩事皆害性，一生恒苦心。黃昏歸私室，惆悵起歎音。

[六] 見清・馬其昶：《韓昌黎文集校註》卷二，（台北，漢京文化事業公司，一九八三年十一月）頁八十。

棄置人間世，古來非獨今。[七]

在〈忽忽〉一詩以更強烈的語句表達他心情之不舒暢：

忽忽乎余未知生之為樂也，願脫去而無因。安得翮長大翼如雲生我身，乘風振奮出六合，絕浮塵。死生哀樂兩相棄，是非得失付閑人。[八]

由此可知韓愈在貞元十五年（西元七九九）從事徐州幕的心境。當年秋天，遂寫下〈鳴雁〉一詩以明志：

嗷嗷鳴雁鳴且飛，窮秋南去春北歸，去寒就暖識所依，天長地闊棲息稀。風霜酸苦稻粱微，毛羽摧落身不肥。徘徊反顧群侶違，哀鳴欲下洲渚非。江南水闊朝雲多，草長沙軟無網羅，閑飛靜集鳴相和。違憂懷息性匪他，凌風一舉君謂何？[九]

這首詩在形式上是七言柏梁臺詩體，句句入韻，全詩十三句，前八句押平聲微韻，後五句押平聲歌韻。使用完美之託喻手法，委婉而堅決地表示之去意。起首二句，借雁起興，謂：嗷嗷鳴雁，且鳴且飛。

七　見錢仲聯：《韓昌黎詩繫年集釋》卷一，（台北，學海出版社，一九八五年一月）頁一一三。
八　見錢仲聯：《韓昌黎詩繫年集釋》卷一，（台北，學海出版社，一九八五年一月）頁一〇七。
九　見錢仲聯：《韓昌黎詩繫年集釋》卷一，（台北，學海出版社，一九八五年一月）頁一〇八。

暮秋南遷，春時則北歸。此蓋借雁喻己由汴州移居徐州。「去寒就暖」二句，謂避開寒冷，趨近溫暖，此雁甚為了解自身投靠之所在，然而廣闊之大地間，能讓此雁棲息之處卻甚少。此蓋喻己直言無諱，得不到張建封之賞識。「風霜酸苦」四句，謂此地稻粱不足，飽受風霜困苦，以致羽毛折落，身體瘦弱。盤旋回顧，發現同伴皆已失散，欲返昔日棲息之洲渚，亦無可能。蓋喻己從事徐州幕期間，衣食不豐，友伴失散，落落寡合之心境。「江南」三句，謂江南水面寬闊，晨雲濃密，水草既長，沙子細軟，且無獵人張設之網羅。在彼處必能悠閒而飛，安寧而聚，和諧而鳴。此喻未來擬往投身的地方。末二句，謂雁鳥生性離開憂患，企求安息，就此凌風一舉，君意以為如何。此蓋表白離開徐州之本意。

綜觀〈鳴雁〉全詩，純就雁鳥為言，若非就韓愈、張建封之行事考求，實難以了解喻意。張建封為韓愈之恩主，雅善屬文，《新唐書・張建封傳》稱其「禮賢下士，有文章傳於時。」韓張之結交，亦可能因文章而相惜。但是韓愈擔任徐州節度推官僅數月，即欲離開徐州，於理於情，皆難直言，遂託鳴雁以明去志。王符《潛夫論・釋難篇》云：「夫譬喻也者，生於直告之不明，故假物之然否以彰之。」韓愈作〈鳴雁〉之意正在此。

肆、忍飢鵠與知時鶴

貞元十九年（八〇三年）冬，韓愈、劉禹錫、柳宗元在御史中丞李汶之推薦，出任監察御史。是年十二月，京畿諸縣，天旱人飢，韓愈奏請停徵京兆府稅錢及田租，不幸被幸臣所讒，貶為連州陽山令。據宋・方崧卿《韓譜增考》以為韓愈被貶與王叔文、賈執誼之排斥有關。方崧卿云：

德宗晚年，韋王黨已成，韋執誼以恩幸，時時召見問外事，貞元十九年補闕張正買疏諫他事得召見，與正買相善者數人皆往賀之，王叔文、韋執誼疑其言己朋黨，誣以朋讌，盡譴斥之。意公之出，有類此也。[十]

貞元二十年（西元八〇四年）韓愈已擔任陽山令，寫下的著名的〈雜詩〉四首，抒發內心之不平，並且對王韋黨進行毫不留情的譏刺。詩云：

朝蠅不須驅，暮蚊不可拍；蠅蚊滿八區，可盡與相格？
得時能幾時，與汝恣啖咋？涼風九月到，掃不見蹤跡。
鵲鳴聲楂楂，烏噪聲護護，爭鬥庭宇間，持身摶彈射。
黃鵠能忍飢，兩翅久不擘，蒼蒼雲海路，歲晚將無獲。
截橑為欂櫨，斲楹以為椽，束蒿以代之，小大不相權。
雖無風雨災，得不覆且顛？解轡棄騏驥，蹇驢鞭使前，
崑崙高萬里，歲盡道苦邅，停車臥輪下，絕意於神仙。
雀鳴朝營食，鳩鳴暮覓群。獨有知時鶴，雖鳴不緣身。

[十] 見清・馬曰璐：《韓文類譜》，《韓譜》卷四，粵雅堂叢書本，（臺灣商務印書館人人文庫，特五六五號）

> 暗蟬終不鳴，有抱不列陳。蛙黽鳴無謂，閤閤祗亂人。[十一]

按魏仲舉《五百家註音辨昌黎先生集》引韓醇曰：

> 數詩皆諷也、朝蠅暮蚊，以譏小人，烏噪鵲鳴，以譏競進；鵲鶴則公自喻。截橑斲櫨，棄騏鞭驢，則以見一時所用，賢否失當也。[十二]

韓醇之意見，可謂直指核心，一針見血。關於第一首，由於蚊蠅自古以喻小人，在此自然是指順宗身旁的幸臣，詩中嘲諷之意，甚為明顯。宋．范晞文《對床夜語》，曾經比較杜甫的〈螢火詩〉，以為「疾惡之意一也，然杜微婉而韓急迫」。至於第三首，魏仲舉《五百家註音辨昌黎先生集》引孫汝聽曰：「橑大而欂櫨小，楹大而椽小，今截橑為欂櫨，斲楹為椽，失其宜也。是猶君子而居下位也。楹橑既為欂櫨為椽，乃束蒿以代橑楹，是猶小人而居君子之位也。」[十三]韓、孫二氏受到思想的限制，只能作「小人」「君子」二分的詮釋，所論雖有可取，以今人之觀點來看，實可作更進一步之解釋：蚊蠅微賤之物，若居於某種「物勢」，遂能形成「不可相格」之力量，但凡物勢，必有剝復、生滅之歷程，一旦物勢盡失，必歸於掃滅。至於「束蒿以代橑楹」，「棄騏驥而策蹇驢」，則為價值顛倒，輕

十一 見錢仲聯：《韓昌黎詩繫年集釋》卷二（台北，學海出版社，一九八五年一月）頁二四二。

十二 見宋．魏仲舉集注：《五百家注昌黎文集》卷七，（臺灣商務印書館，四庫全書本）頁一〇七四。

十三 同上。

重失所的現象，韓愈認為這便是危疑顛覆，日暮途遠的原因。

關於〈雜詩〉的另外兩首，屬於託鳥為喻的諷刺詩。先論第二首，上半四句謂鵲烏楂楂而鳴，烏鳥攫攫而噪，二鳥爭鬥於庭宇之間，不惜以身博取獵者之彈丸。下半四句提出另有一隻黃鵠，能忍飢耐渴，久久不飛，因此，在蒼茫的雲海路上，窮盡一載，亦無所獲。魏仲舉《五百家註音辨昌黎先生文集》引孫汝聽曰：

> 蠅蚊烏鵲以喻小人，黃鵠以喻君子。難進易退，故歲晚無獲也。[十四]

清方世舉《韓昌黎詩編年箋註》云：

> 烏鵲爭鬥，謂韋執誼本為王叔文所引用，初不敢相負，既而迫公議，時有異同。叔文大惡之，遂成仇怨。自是開閒釁之端也。黃鵠蓋指賈耽，以先朝重望，稱疾歸第，猶冀其桑榆之收也。[十五]

清陳沆《詩比興箋》云：

> 前四語猶前章之旨。末四語乃為黃鵠冀幸之詞，將無獲者，雖晚而庶幾或可以獲也。[十六]

[十四] 引自錢仲聯：《韓昌黎詩繫年集釋》卷二，（台北，學海出版社，一九八五年一月）頁二四五。

[十五] 清・陳沆：《詩比興箋》卷四，（台北，藝文印書館版，一九七〇年九月）頁四六七。

[十六] 同上。

方陳二家就王叔文黨之內爭及賈耽全身而退來詮釋詩意，確有相當堅實之說服力。揆諸《順宗實錄》亦甚近事實。韓愈內心縱有無限的憤怨與不平，但全詩涉及批判色彩者僅二句，即「持身博彈射」及「歲晚將無獲」。在一個相互競勝的社會系統裏，楂楂而鳴，擭擭而噪，不惜「持身博彈射」地爭鬥，往往站在檯面，管領風騷。忍飢不擘，堅持理念者，雲海路上，反而一無所獲。韓愈指陳之現象具有普遍性，此所以千載以下猶能得到共鳴。然而，一個相互競勝的社會系統內部若不能形成規範，以顯現公正，類似韓愈所指陳之現象，還會不斷發生。

再論第四首。前半四句謂麻雀清早鳴叫覓食，班鳩晚上鳴啡尋伴，只有識時務的鶺鳥，雖然鳴哄，卻不是為自己。後半四句謂另有啞蟬始終叫不出聲，就算心有所感也不能表白；而蛙黽卻偏偏愛叫，閣閣地祇是噪亂人耳！方世舉認為此詩「評諸朝士或默或語，無救於事。唯韋皋箋表，為知時而言也。」又就《順宗實錄》所載為據，明確指出韓愈託物為喻之人名。陳沆則混淪地指稱：

此喻四等人也。營食覓群者，但知身謀之小人。有抱不陳者，胃禍自全之庸人。無謂祇亂人者，辯言亂政之小人。惟鳴不緣身則君子。[十七]

韓愈以雀鳩、鶺鳥、啞蟬、蛙黽之鳴為喻，自有相當深刻的寄寓。方氏之論，重在指出所喻之具體人物，陳氏之說，重在評騭所喻之四等人。但是本詩之寄寓豈僅如此？！筆者以為：應有更進一層之涵

十七　見清．孫詒讓：《墨子閒詁》，《後語上》，（台北，河洛圖書出版社）頁三一六。

義。按《太平御覽》引《墨子》曰：

禽子問曰：「多言有益乎？」墨子曰：「蝦蟆蛙黽，日夜而鳴，舌乾擘，然而人不聽之。今鶴雞時夜而鳴，天下振動。多言何益？唯其言之時也。」[十八]

顯然韓愈託鶴鳥為喻之目的不在於區分高下，而是借此闡揚墨子「多言何益？唯其言之時也」之觀點。由本詩來看「有抱不列陳」固然不當，「無謂而鳴」固然不當，「無謂而鳴」亦非得宜，韓愈固有「物不平則鳴」之論，實更肯定「鳴不緣身，鳴得其時。」

伍、雙鳥索隱

韓愈之筆力富贍，無施不可。五七言古詩之中，不少屬於古樸渾厚，極富內涵；亦有不少寫得怪怪奇奇，難以索解。韓詩之奇，有奇在字句者，有奇在用意者，有奇在結體者。以〈雙鳥詩〉而言，即屬於用意十分費解之作。詩云：

雙鳥海外來，飛飛到中州。一鳥落城市，一鳥集巖幽。不得相伴鳴，爾來三千秋。兩鳥各閉口，

十八　見錢仲聯：《韓昌黎詩繫年集釋》卷七，（台北，學海出版社，一九八五年一月）頁八三六。

萬象銜口頭。春風卷地起，百鳥普飄浮。兩鳥忽相逢，百日鳴不休。有耳聒皆聾，有舌反自羞。百舌舊饒聲，從此恒低頭。得病不呻喚，泯默至死休。雷公告天公，百物須膏油。自從兩鳥鳴，聒亂雷聲收。鬼神怕嘲詠，造化皆停留。草木有微情，挑抉示九州。蟲鼠誠微物，不堪苦誅求。不停兩鳥鳴，百物皆生愁；不停兩鳥鳴，自此無春秋；不停兩鳥鳴，日月難旋輈；不停兩鳥鳴，大法失九疇。周公不為公，孔丘不為丘。天公怪兩鳥，各捉一處囚。百蟲與百鳥，然後鳴啾啾。兩鳥既別處，閉聲省愆尤。朝食千頭龍，暮食千頭牛；朝飲河生塵，暮飲海絕流。還當三千秋，更起鳴相酬。[十九]

宋呂大防《韓吏部文公集年譜》將此詩繫於唐憲宗元和六年（西元八一一年）是年韓愈入朝為職方員外郎。除了〈雙鳥詩〉之外，前有〈毛穎傳〉，後有〈送窮文〉，都是狡獪變化，遊戲之作。〈雙鳥詩〉就結構而言可分為四段：自「雙鳥海外來」至「萬象銜口頭」為第一段，自「春風卷地起」至「泯默至死休」為第二段，「雷公告天公」以下二十句，至「孔丘不為丘」為第三段，「天公怪兩鳥」以下十二句為第四段。第一段以平敘語句，敘雙鳥來自海外，飛到中洲。一落城市，一巢山林。不能相伴而鳴，至今已三千年。兩鳥各自閉口，但是宇宙萬象，皆含在口頭。第二段以誇飾語句敘，春風捲地而起，百鳥皆飛翔起來，兩鳥忽又相逢，整整鳴叫百日。有耳者皆被聒噪欲聾，有舌者都自慼不如。

十九 見清・馬曰璐：《韓文類譜》卷一，粵雅堂叢書本（臺灣商務印書館人人文庫，特五六五號）

百舌鳥素來愛鳴，自此低頭，默不作聲，生病亦不呻吟，沈默至死。第三段更為離奇，拈出雷公與天公兩位神話人物，敘雷公上告天公，告以：世間百物，皆需膏油滋潤，自從兩鳥鳴叫不止，聒噪擾亂，使雷聲收歛，無法再鳴。鬼神懼其諷笑，造化亦為之停留。草木間之微情妙愫，皆為其挑抉而出，宣之大地；蟲鼠誠為微物，亦不堪其誅責。若不制小兩鳥鳴，百物皆為之生愁。若不制止兩鳥鳴，從此不能分辨春秋，甚至日月難以運轉，天地失去大法，周公不成為「公」，孔丘亦不能是「丘」。以上二十句是雷公控訴雙鳥的訟詞，故意誇大雙鳥的罪行，此擬跡近不倫。實則正言若反，適為對雙鳥最高的抬舉。第四段敘天公按責降罪，各捉一隻分開囚禁，百蟲百鳥然後才敢啾啾鳴叫。兩鳥分開居處，歛聲自省，早上吃掉千隻龍，晚上吃掉千頭牛，日飲河水，使黃河為之乾涸生塵；夜飲海水，使海絕了水流，復為陵陸。至少三千年後，方能聚鳴唱酬。末段之神話色彩更為濃厚，所謂食龍食牛，飲河飲海，皆非鳥之能事、而雙鳥竟然如此，可知韓愈是刻意誇大，且誇大至極，以顯示雙鳥之神奇。

但是韓愈撰作這一則看起來十分荒誕的神話，究竟用意何在？雙鳥究竟指什麼？前人有種種詮釋。宋．柳開《河東先生集》卷三有〈韓文公雙鳥詩解〉，洋洋一千四百字之論文，認為：「大凡韓之為心，憂夫道也。履行非孔氏者為夷矣。……作害于民者，莫大於釋老。釋老俱夷而教殊，故曰雙鳥矣。」[二十]主張「雙鳥」就是指「釋老」。宋．葉夢得《石林詩話》亦云：「韓退之〈雙鳥詩〉，殆

[二十] 見宋．柳開：《河東先生集》卷三《韓文公雙鳥詩解》，引自吳文治《韓愈資料彙編》（台北，學海出版社，一九八四年四月）頁七十三。

不可曉，頃嘗以問蘇丞相子容云：『意似是指佛、老二學』以其終篇本末考之，亦或然也。」[二十一]但是柳開解說詩意，太過穿鑿附會，不能讓人信服。如宋．葛立方《韻語陽秋》卷六即曾反詰：「前云『一鳥落城市，一鳥巢巖穴』後云『天公怪兩鳥，各捉一處囚』則豈誚釋老耶？」[二十二]主張「雙鳥」喻「釋老」者之囧困境，就在於不能前後一貫地解說詩意。

此外，另有宋．張表臣《珊瑚鉤詩話》卷一主張「雙鳥」指「李杜」。張表臣云：「退之〈雙鳥詩〉，或云謂佛老，或云謂李杜東坡〈李太白贊〉云：天人幾何同一漚，謫仙非謫乃其游。揮斥八極隘九州。化為兩鳥鳴相酬，一鳴一止三千秋。開元有道為少留，縻之不可矧肯求。乃知謂李杜也。」[二十三]張表臣所引的詩，原題是〈書丹元子所示李太白真〉，在所引原文之後，尚有「西望太白橫峨岷，眼高四海空無人，大兒汾陽中令君，小兒天台坐忘身。平生不識高將軍，手汙吾足乃敢瞰，作詩一笑君應聞。」七句。然而，東坡用「化為兩鳥鳴相酬」「一鳴一止三千秋」來吟詠李白，只能證明東坡受了韓愈之影響，並不能證明〈雙鳥詩〉，喻指李杜，具體的旁證是宋．葛立方在《韻語陽秋》卷六也徵引了東坡詩，但卻據此認為「所謂雙鳥者，退之與孟郊輩爾。」葛立方曰：

所謂「不停兩鳥鳴」等語，乃雷公告天公之言，甚其辭以讚二鳥爾。非囚禁之囚，止言韓、孟

[二十一]見宋．葉夢得《石林詩話》卷上，引自吳文治《韓愈資料彙編》（台北，學海出版社，一九八四年四月）頁一九六。
[二十二]見宋．葛立方《韻語陽秋》卷六，引自吳文治《韓愈資料彙編》（台北，學海出版社，一九八四年四月）頁二八四
[二十三]見宋．張表臣《珊瑚鉤詩話》卷一，引自吳文治《韓愈資料彙編》（台北，學海出版社，一九八四年四月）頁三一二。

各居天一方爾。朱云「還當三千秋，更起鳴相酬」謂賢者不當終否，當有行其言者。[二十四]

宋・朱熹在《韓文考異》卷五云：

今按釋老李杜之說恐亦未然，舊嘗意此但為己與孟郊作耳。「落城市」者己也，「集巖幽」者孟也。初亦不能無疑，而近見葛氏《韻語陽秋》已有此說矣，讀者詳之。[二十五]

亦同葛氏之說，雙鳥喻指韓孟遂成定論。元和時期，遊於韓愈門下之文士不少，但惟對孟郊最為心折。孟郊較韓愈年長十七歲，詩風與韓愈相近。在〈薦士詩〉中，韓愈歷敘詩歌源梳，自《三百篇》以後，漢魏止取蘇武、李陵、建安七子，六朝止取鮑照、謝靈運，唐以來，止取陳子昂，李白、杜甫，然後繼以孟郊，可知韓愈推譽之高。〈醉留東野〉一詩云：「昔年因讀李白、杜甫詩，長恨二人不相從。吾與東野生並世，如何復躡二子蹤？」又云：「吾願身為雲，東野變為龍。四方上下逐東野，雖有離別無由逢。」可見韓愈又把自己與孟郊比成李白與杜甫。由此不難了解〈雙鳥詩〉：「一鳥落城市，一鳥集巖幽。不得相伴鳴，爾來三千秋」之喻意。由於兩人相見不易，見則必定聯句賦詩，相互競勝故謂「兩鳥忽相逢，百日鳴不休。」再者，韓愈既已稱揚孟郊「文字覷天巧」（〈答孟郊〉）、「東野動驚俗，天葩吐奇芬」「今我及數子，固無蕕與薰。險語破鬼膽，高詞媲皇墳」（〈醉贈張秘書〉），

二十四 同註二十二。

二十五 見宋・朱熹：《韓文考異》卷五，（臺灣商務印書館，四庫全書本）頁一〇七三之三三四。

「有窮者孟郊，受材實雄驁，冥觀洞古今，象外逐幽好，橫空盤硬語，妥帖力排奡，敷柔肆紆餘，奮猛卷海潦，榮華肖天秀，捷疾愈響報……」（〈薦士〉）等等，那麼，〈雙鳥詩〉「雷公告天公」一段不過是改換一種筆調，標榜自己與孟郊在詩歌境界上之開創性與影響力而已。此外，韓愈將自己不能時與孟郊相聚歸因於「天意」，故謂「天公怪兩鳥，各捉一處囚。」既然兩人各居一方是天意，唯有各本才分，廣收博納，勤鍊詩藝，以待他日相會，一爭高下，故謂「朝食千頭龍，暮食千頭牛，朝飲河生塵，暮飲海絕流。還當三千秋，更起鳴相酬。」

總之，〈雙鳥詩〉為韓愈託鳥為喻之傑作，初讀時，似感喻意茫昧，難以把捉，按之韓愈孟郊往來酬贈之詩文，即能突破翳障，妙契詩意。詩中反覆以「鳥鳴」為言，可視為〈送孟東野序〉另一種表達形式。

陸、敗德之鴟鳥

在韓愈之詠鳥詩中，亦有以惡鳥作為託喻之對象，例如〈射訓狐〉、〈病鴟〉即為著名之詩例。以〈病鴟〉而言，僅由詩題已可預知全詩著重負面之描述，因此不論格調和內涵都與前揭數首不同。所謂「鴟」，據《說文》：「鴟，即鳶鳥。是鳥中之貪惡者，性好攫而善飛。」以鴟為喻，早在東漢朱穆與劉伯宗絕交詩中已有先例。朱氏以鴟鳥鳳鳥作對比，表達決裂之意。韓愈在取喻方面，可謂前有所承。試看韓愈如何描述鴟鳥：

屋東惡水溝，有鴟墮鳴悲。有泥掩兩翅，拍拍不得離，群童叫相召，瓦礫爭先之。計校生平事，殺卻理亦宜。奪攘不愧恥，飽滿盤天嬉。晴日占光景，高風送追隨。遂凌紫鳳群，肯顧鴻鵠卑？今者運命窮，遭逢巧丸兒，中汝要害處，汝能不得施。於吾乃何有，不忍乘其危。丐汝將死命，浴以清水池。朝餐輟魚肉，暝宿防狐狸。自知無以致，蒙德久猶疑。飽入深竹叢，飢來傍階基。亮無責報心，固以聽所為。昨日有氣力，飛跳弄藩籬。今晨忽徑去，會不報我知。僥倖非汝福，天衢汝休窺。京城事彈射，豎子豈易欺。勿諱泥坑辱，泥坑乃良規。[二十六]

〈病鴟〉就結構而言，可分為五段：「屋東惡水溝」六句為第一段，先提屋東臭水溝中，有鴟鳥墜落哀鳴，兩翅為污泥所掩，拍拍欲飛，卻不能脫困。群童見及，呼叫友伴，爭相拋擊瓦礫。自「計校平生事」以下八句為第二段，改以議論之筆調算計鴟鳥之罪狀，謂鴟鳥素行不良，就算擊殺亦宜。蓋鴟鳥平日攘奪弱小，毫不愧恥，飽食之後，盤旋天際。晴日之光影，為其所佔；高空之勁風，吹送相隨。於是自覺凌駕於紫鳳之上，那瞧得起鴻鵠？顯然韓愈託鳥為喻，嘲諷某些人一旦位居高顯，馬上目空一切，欺凌善良。自「今者運命窮」以下八句，為第三段，先敘鴟鳥運窮，為高明之獵者擊中要害，雖有沖天本事，亦難施用。再敘作者，危急之中施以援手。所謂「於吾乃何有，不忍乘其危」略謂作者對鴟鳥初無好感，不過是不願見死不救，姑且賜以生路，攜至池邊清洗。自「朝餐輟魚肉」以下十

[二十六] 見錢仲聯：《韓昌黎詩繫年集釋》卷九，（台北，學海出版社，一九八五年一月）頁一〇二四。

二句為第四段敘作者畜養鴟鳥，鴟鳥卻受恩而背去之情景。先敘鴟鳥日間已無魚肉可食，夜宿猶需防備狐狸之侵襲。蒙受無上恩德，卻猶滿腹狐疑。再敘鴟鳥，飽則鑽入竹林，飢剛傍階乞食。料定恩主不求回報，故暫時聽任擺布。後敘鴟鳥氣力恢復，即飛舞跳躍，作弄樊籬，今晨逕自離去，一點消息也不報知。「僥倖非汝福」六句為第五段，以溫厚之語氣規諷鴟鳥，謂僥倖活命不是福氣，重要的是不該覬覦高顯的天路。城裏正流行射獵，彼等絕非容易對付。因此，不必忌諱墜落泥坑之恥，泥坑之經驗乃是難得的教訓。韓愈在結語仍不改忠厚，殷殷叮嚀。

方世舉《韓昌黎詩集編年箋》註云：「此詩所指，蓋亦非無名位者。大抵始遭困辱，公實拯之，而其後負恩不顧也。」[二十七]王元啟《讀韓記疑》則指出：「此詩似為劉叉而發。叉素無行，游公門，至攫其甕金而去。公詩雖亦不為此，然泥坑之戒，實叉所當深佩也。」[二十八]顧嗣立《昌黎先生詩集註》則謂：「通首是比，分明為負心人寫照，與老杜〈義鶻行〉正是相反。」並引朱彝尊評語云：「必有所指，不知為誰，大約受恩而背去者耳。」[二十九]以下便針對數家提出之論點略加檢討。

首先是劉叉之問題。王元啟《讀韓記疑》最大的特色是喜實指韓詩諷詠之對象。關於劉叉之事蹟，《李義山文集》卷四〈齊魯二生〉云：

[二十七] 引自錢仲聯：《韓昌黎詩繫年集釋》卷九，（台北，學海出版社，一九八五年一月）頁一〇二四。
[二十八] 同前。
[二十九] 同前，頁一〇二七。

右一人字叉，不知其所從來。在魏與焦濛、閻冰、田滂善。任氣重義，大軀有聲力。嘗出入市井，殺牛及犬豕，羅網鳥雀。亦或時飲酒，殺人，變姓名遁去。會赦得出，後流入齊魯，始讀書，能為歌詩。然恃其故時所為，輒不能俯仰貴人。穿屐破衣，從尋常人乞丐酒食為活。聞韓愈善接天下士，步行歸之。既至，賦〈冰柱〉、〈雪車〉二詩，一旦居盧仝、孟郊之上。樊宗師以文自任，見人拜之，後以爭語不能下諸公，因持愈金數斤去。曰：此諛墓中人得耳，不若與劉君為壽。愈不能止，復歸齊魯。叉之行，固不在聖賢中庸之列；然其能面道人短長，不畏卒禍。及得其服義，則又彌縫勸諫，有若骨肉，此其過人無限。[三十]

由此可知劉叉本為浪人，曾因殺人獲赦，流寓齊魯，乞丐酒食為活。以〈冰柱〉、〈雪車〉二詩，受到韓愈之禮遇，而且能夠「一旦居盧仝、孟郊之上」可見韓愈待之不薄。後因「與人爭語，不能下諸公」遂攫取韓愈所藏黃金數斤而去，且妄言「此諛墓中人得耳，不若與劉君為壽」可見劉叉確有敗德之行。但是李義山卻又對劉叉「能面道人短長，不畏卒禍」相當讚賞。可知劉叉之氣質，傾向於血氣之勇，人格形態，並非穩定成熟。韓愈在失金之後，作〈病鴟〉一詩，未必一定針對劉叉而發，但肯定是勸戒類似劉叉這種忘恩負義的人。

其次是杜甫〈義鶻行〉之問題。《杜詩詳註》卷六載〈義鶻行〉云：

三十　見唐・李商隱：《李義山文集》卷四，引自吳文治《韓愈資料彙編》（台北，學海出版社，一九八四年四月）頁四十七。

陰崖二蒼鷹，養子黑柏顛，白蛇登其巢，吞噬恣朝飡。雄飛遠求食，雌者鳴辛酸。力強不可制，黃口無半存。其父從西歸，翻身入長煙，斯須領健鶻，痛憤寄所宣。斗上捩孤影，噭哮來九天。修鱗脫遠枝，巨顙折老濡拳。高空得蹭蹬，短草辭蜿蜒，折尾能一掉，飽腸皆已穿。生雖滅眾雛，死亦垂千年，物情有報復，快意貴目前。玆實鷙鳥最，急難心炯然。功成失所往，用舍何其賢。近經水湄，此事樵夫傳，飄蕭覺素髮，凜欲衝儒冠。人生許與分，只在顧盼間，聊為義鶻行，用激壯士肝。三十一

杜甫〈義鶻行〉大致是敘述兩隻蒼鷹，築巢育鶵於柏樹之顛，一日白蛇登巢，吞噬鶵鷹，雄鷹召來健鶻，蛇遂伏誅。鶻見事成，掉尾而去。杜甫感於禽鳥亦能見義而動，為友復仇，遂借此奇事，以警世人。物物相殘，本為自然現象。蛇食鶵鷹，雄鷹能訴冤於健鶻，健鶻能為鷹復仇，且報復輒去，有功不居，都俱有相當深刻之「人性意義」，杜甫在選取這些具有人性意義之現象加以強調表現時，健鶻成為仁慈義勇的寫照。同時也流露出杜甫的品格與性情。而韓愈在〈病鴟〉中，亦使用類似之手法，如：先敘鴟鳥落入水溝，群童爭相拋擊瓦礫，欲擊殺之，再敘作者施以援手，畜養於庭中，以療養傷勢。但是鴟鳥的表現是「自知無以致，蒙德久猶疑」「亮無責報心，固以聽所為」，最後鴟鳥的回應是「今晨忽徑去，曾不報我知」。韓愈集中強調的是「負面的人性」，鴟鳥遂成為負恩反覆的象徵。

三十一 見清・仇兆鰲：《杜詩詳註》卷六，（台北，里仁書局，一九八〇年）第一冊，頁四七四。

值得注意的是杜韓兩家所處理的詩歌題旨雖然不同，以完整的故事情節呈示「意義」的表意方式卻完全一致，由此可以看出杜甫對韓愈之影響。

柒、南山高樹之群鳥

穆宗長慶元年（西元八二一年）韓愈擔任國子監祭酒，曾撰成〈猛虎行〉及〈南山有高樹行贈李宗閔〉給當時正貶為劍州刺史的李宗閔。宗閔在唐代「牛李黨爭」中屬於牛黨，是牛黨之主要人物。元和十二年，董晉征淮西，韓愈為行軍司馬，李宗閔任節度觀察判官，兩人是董晉幕下的僚友。〈南山有高樹行贈李宗閔〉一詩，自然是對宗閔表示深切之關懷與同情，但因為詩中出現多種鳥類，而且以擬人化的寫作手法敘述一個曲折的故事情節，於是引起後人種種臆度與說解。

詩云：

南山有高樹，花葉何衰衰！上有鳳凰巢，鳳凰乳且棲。四旁多長枝，群鳥所托依。黃鵠據其高，
眾鳥接其卑。不知何山鳥，羽毛有光輝。飛飛擇所處，正得眾所希，自期永不衰。中與黃鵠群，
不自隱其私。下視眾鳥群，汝徒竟何為？不知挾丸子，心默有所規。彈汝枝葉間，汝翅不覺摧。
或言由黃鵠，黃鵠豈有之？慎勿猜眾鳥，眾鳥不足猜。無人語鳳凰，汝區安得知？黃鵠得汝去，
婆娑弄毛衣。前汝下視鳥，各議汝瑕疵。汝豈無朋匹，有口莫肯開。汝落蒿艾間，幾時復能飛？

哀哀故山友，中夜思汝悲。路遠翅翎短，不得持汝歸。[三十二]

按前人之箋註或集中在解說各鳥所喻的人物，或提示李宗閔貶官之原委，亦有對彼此之解說提出辨正。如魏仲舉《五百家注音辨昌黎先生文集》引韓醇曰：「據詩意，鳳凰謂斐度。挾丸子謂李德裕、李紳、元稹也。」[三十三]清．方世舉《韓昌黎詩編年箋註》則提出糾正：「韓醇說詩，不知理會通章文氣，而以鳳凰為指裴，未知黃鵠又作何解？」[三十四]清陳沆《詩比興箋》曰：「鳳凰謂裴度，挾丸子謂李德裕，黃鵠元稹李紳也。史言自錢徽貶後，牛李之怨始結，縉紳之禍，四十餘年不解。……故山友，公自謂也。」[三十五]清．王元啟《讀韓記疑》曰：「按《通鑑》長慶元年，錢徽與楊汝士同知貢舉，段文昌、李紳各以書屬所善進士於徽。榜出，皆不預，而宗閔之婿、汝士之弟皆獲第。文昌、紳及李德裕、元稹共言其不公。徽貶江州刺史，宗閔劍州刺史、汝士開江令。或勸奏文昌、紳屬書，上必悟。徽曰：奏人私書，非士君子所為，取而焚之。《新史徽傳》亦同。據此則以書屬徽者，文昌、紳，非宗閔也。宗閔憸險小人，貶不足惜，然為文昌、紳等排陷，實為負屈。故公詩亦有『汝屈安得知』之語。」[三十六]

由王元啟提示之資料顯示〈南山有高樹行贈李宗閔〉有一個複雜的寫作背景，李宗閔之所以貶官

三十二 見錢仲聯：《韓昌黎詩繫年集釋》卷十二，（台北，學海出版社，一九八五年一月）頁一二一〇。

三十三 同註十二所揭書卷六，頁一〇七四之一四一。

三十四 同註三三，頁一二一一。

三十五 見清．陳沆：《詩比興箋》卷四，（台北，藝文印書館版，一九七〇年九月）頁四七八。

三十六 同註三五。

和錢徽、楊汝士知貢舉時未能錄取段文昌李紳推荐的人選有關。但是詩中所能確指的譬喻只有兩個，此即：以「何山鳥」比宗閔，「故山友」為韓愈自比。其餘各鳥之喻指，都缺乏說服力。以鳳凰來說，韓醇及陳沆都主張喻指裴度，可是我們仔細比對詩意，鳳凰可以「施恩」於群鳥，群鳥有冤屈亦可上報鳳凰，則鳳凰喻指穆宗皇帝有何不可？再如黃鵠，陳沆主張喻指元稹、李紳。可是根據史書，檢舉錢徽知貢舉不公的人有：段文昌、李紳、李德裕元稹四人，那麼以黃鵠喻指段文昌有何不可？同理，「挾丸子」也就未必一定是李德裕。可見以臆度附會的方法去猜想各鳥喻指的對象，會產生一些詮釋上的困難。

依筆者愚見，韓愈在詩中虛構了一個鳥的社會，透過一個鳥的故事，表達他對李宗閔貶官之看法。本詩起首八句便是描述這個「社會」的成員與組織結構。略謂高樹上住著三種鳥：鳳凰、黃鵠、眾鳥。鳳凰築巢於高樹，其他各鳥托依於旁枝。而且依尊卑而居——「黃鵠据其高，眾鳥接其卑」——由於有上下尊卑之位階存在，顯然這是一個政治性的社會。第二段「不知何山鳥」十句旨在描述不知由何山而來的「何山鳥」進入這個「社會」及其表現。首先，他獲得一個令人羨拓的枝頭，可以「上承鳳凰恩」「中與黃鵠群」「下視眾鳥群」。不幸，牠在向上的關係方面，充滿自信，自認為可以永遠得到鳳凰的恩寵，在平行的關係方面，充滿自負，自以為不必對黃鵠隱諱自己的野心；向下的關係方面，則又完全是瞧不起人的強勢態度。顯然「何山鳥」犯了很大的錯誤。第三段「不知挾丸子」以下四句，敘述「何山鳥」被獵人以彈丸擊中，先前風光得意之局面剎時改觀。接著「或言由黃鵠，黃鵠豈有之？

慎勿猜眾鳥，眾鳥不足猜」四句充滿弔詭，暗示：何山鳥被擊落的因素恐怕不在別人，而是在自己身上。同時，也不會有人去報知鳳凰的，因為沒人會認為你「何山鳥」受到委屈。試看：「萬鵠得汝去，婆娑弄毛衣，前汝下視鳥，各議汝瑕疵」不已經是答案了嗎？！大家都已使用「身體語言」表達了內心的排斥。最後一段，「何山鳥」的朋友「故山友」說了幾句真心話：你那是沒有朋友，朋友可能因為你何山鳥聽不進諍言，紛紛緘默了。我「故山友」雖關心你的傷勢，奈何路遠翅短，也幫不上忙了。

假如以上的詮釋能成立，那麼韓愈託鳥為喻，在〈南山有高樹行贈李宗閔〉所揭示的是一則關於政治生態環境的寓言。南山高樹上這一個鳥類的社會，正是人間官場的縮影。韓愈在這一則寓言中，借著「何山鳥」來規諷李宗閔，委婉地暗示他：既已「飛飛擇所處，正得眾所希」那麼，「上承鳳凰恩，自期永不衰。中興黃鵠群，不自隱其私。下視眾鳥群，汝徒竟何為？」便是極大的錯誤。如今，既已「彈汝枝葉間」，所該做的是「慎勿猜眾鳥，眾鳥不足猜」、是深入檢討在官場上的所作所為。尤其要反省：為什麼朋匹之中，「有口莫肯開」。這樣，雖然暫時落入蒿艾之間，假以時日，未嘗無再飛之可能。

韓愈寫這首詩，已近晚年，三年後就離開人世。他一生宦海浮沈，飽經滄桑，對官場生涯，有獨特深入的體驗，因此能提供李宗閔充滿政治智慧的諍言。這一首詩託鳥為喻所傳述的政治寓言又俱有極深刻的普遍意義，放在現代任何一個國家的官場上，都能適用。因此，能得到後人的共鳴。

捌、餘論

託喻是韓愈慣常使用之手法。託鳥為喻更是所在多有，比比皆是。例如〈送汴州監軍俱文珍〉云：「沖天鵬翅闊，報國劍鋩寒。」〈北極一首贈李觀〉云：「北極有羈羽，南溟有沉鱗。」〈忽忽〉云：「安得長翮大翼如雲生我身，乘風振奮出六合，絕浮塵。」意象多麼鮮明，寓意多麼深遠。

韓愈為了安慰孟郊喪子之痛，在〈孟郊失子〉一詩中又託鳥為喻說了一套孽子不如無子之道理：「鴟梟啄母腦，母死子始翻。」又云：「好子雖云好，未還恩與勤。惡子不可說，鴟梟蝮蛇然。」用心多麼良苦，語意多麼奇警。再如〈崔十六少府攝伊陽以詩及書見投因酬三十韻〉云：「隔牆聞讙呼，眾口極鵝雁。」以鵝雁之嘎嗚此喻讙呼之聲，令人拍案叫絕。再如〈送侯參謀赴河中幕〉云：「今君得所附，勢若脫韝鷹。」〈答崔二十六立之〉云：「安有巢中鷇，插翅飛天陲。」都使用具體而熟知之鳥類，喻示抽象而新穎之涵義。

可是，這些詩例在性質上屬於「字句修辭」之譬喻格，其喻義限制在該詩句之語言脈絡中，並未成為全詩表現之中心。而本文所探討的七首詩則不然，在性質上屬於此體詩，託喻手法被提升到「篇章修辭」之層次，因此能容納更為繁雜而深刻之喻意。這種技巧嚴格講並非韓愈之創獲，在杜甫作品〈惡樹〉、〈高柟〉、〈病柏〉、〈枯梭〉、〈枯柟〉、〈江頭五詠〉等以樹為喻的系列詩篇中，已經使用類似手法。因此，韓愈託鳥為喻系列之詩作，極可能倣自杜甫。

由本文之論析來看，韓愈使用鳥喻已至變怪百出、出神入化之境界。既可代言離職之心意（如〈鳴雁〉），又可作為望治之象徵（如〈岐山下〉）；既可喻指忍飢不擘、堅持理念，又可喻指知時而言的人（如〈雜詩〉第二、四首）；既可虛構一則鳥神話喻指自己與孟郊（如〈雙鳥〉），更可藉惡鳥之行徑訾議負恩反覆、敗德無行的人（如〈病鴟〉）；尤有進者，更假借一個鳥類社會，傳述一則政治寓言，喻示官場倫理，以諫諍官場失意之僚友（如〈南山有高樹行贈李宗閔〉）。鳥之為用大矣哉！宋・張戒《歲寒堂詩話》嘗云：「退之詩大抵才氣有餘，故能擒能縱，顛倒崛奇，無施不可。」[三十七]揆諸數首，可謂知言。

原載：國立中興大學文學院文史學報編輯委員會主編：《文史學報》，第十九期，（一九八九年三月）頁三十七至五十三。

[三十七]見宋・張戒：《歲寒堂詩話》卷上，引自吳文治《韓愈資料彙編》（台北，學海出版社，一九八四年四月）頁二八五。

二、韓愈〈琴操〉十首析論

壹．前言

在韓愈的樂府詩中，〈琴操〉十首是一組極為特殊的作品，詩中大膽地代替孔子、周公、文王、古公亶父、尹伯奇、牧犢子、商陵穆子、曾子發抒心聲。由於氣格高古，語法樸質，頗有古樂歌的神韻。但是前賢對此詩卻褒貶不一。韓愈生平作詩為文，強調詞必己出，不喜依傍古人，何以寫出這種擬古代言的作品？〈琴操〉的性質如何？內涵如何？韓愈擬古代言之用意何在？應如何看待這一組作品？諸如此類的問題，仍有若干研議之餘地，筆者不揣淺陋，謹就現存的評箋資料加以分析，或能提出若干粗淺的說明。

貳．〈琴操〉之名義與性質

所謂「琴操」是古代琴曲歌辭的一種。據《梁元帝纂要》所載：自伏羲制作以後，有瓠巴、師文、師襄、成連、伯牙、方子春、鍾子期等著名琴家，皆善古琴，而其曲有「暢」、有「操」、有「引」、有「弄」等名目[一]。宋郭茂倩心《樂府詩集》卷五十七《琴曲歌辭》一引謝希逸〈琴論〉云：

一 參見宋．郭茂倩《樂府詩集》第五十七卷《琴曲歌辭一》，（台北，里仁書局版）頁八二一。

和樂而作命之曰暢，言達則兼善天下而美暢其道也。憂愁而作命之曰操，言窮則獨善其身而不失其操也。引者，進德修業，申達之名也。弄者，情性和暢，寬泰之名也。[二]

謝希逸從道德修養的層面論析琴曲的名義，原因是古人把琴視為修養的工具，用來「修身」、「理性」、「禁邪」、「防淫」。而所謂「操」是一種抒散愁憂的作品。劉向《別錄》云：

君子因雅琴之適，故從容以致思焉。其道閉塞悲愁而作者，名其曲曰操，言遇災害而不失其操也。[三]

可見作「操」的人，都有抑塞不遇、其道不行的境況。而作「操」的目的既然在抒散悲憂，表白自身之操持，因此，所謂〈琴操〉，也就帶有某種道德的意味。現存的古〈琴操〉有十二操，分別是：〈將歸操〉、〈猗蘭操〉、〈龜山操〉、〈越裳操〉、〈拘幽操〉、〈岐山操〉、〈履霜操〉、〈雉朝飛操〉、〈別鶴操〉、〈殘形操〉、〈水仙操〉、〈懷陵操〉相傳。相傳蔡邕曾將每一操之本事都詳為記述，並附上原辭。宋‧郭茂倩《樂府詩集》引《樂府解題》云：

二　同前。
三　見《後漢書‧曹褒傳》注。

〈琴操〉紀事，好與本傳相違。存之者，以廣異聞也。[四]

元・吳萊《古琴操九引曲歌辭》云：

古者琴有五曲、十二操、九引。……古辭或存或亡，而存者類出後世之傅會。[五]

明・吳訥《文章辨體序說》也指出：

今觀五曲、九引、十二操，率皆後人所為。若〈文王居憂〉、〈孔子猗蘭〉、將歸諸操，怨懟躁激，害義尤甚，故皆不取，而獨載昌黎所擬諸作於後，先儒所謂深得文王之心者是也。[六]

由此可知郭茂倩《樂府詩集》第五十七、五十八、五十九卷中〈拘幽操〉署名周文王、〈越裳操〉署名周公旦、〈履霜操〉署名尹伯奇、〈雉朝飛操〉署齊犢沐子、〈猗蘭操〉、〈將歸操〉署名魯孔子、〈別義操〉署名商陵牧子都是很有問題的，不可信以為真。韓愈對於十二操僅取其十，〈懷陵〉、〈水仙〉二操，棄而不擬。其餘十操，悉依蔡邕〈琴操〉之原次，未曾變更，很可能韓愈讀過蔡邕〈琴操〉，基於相互競勝心理，仿效蔡邕之作而撰成十操[七]。這十篇作品，有四言古詩體，有騷體。朱子在《楚

四 同註一，頁八二二。

五 《淵穎吳先生文集》卷九，轉引自吳文治《韓愈資料彙編》（台北，學海出版社，一九八四年四月）頁六五九。

六 見明・吳訥《文章辨體序說琴曲歌辭》，（台北，長安出版社版）頁二十八。

七 參見《朱子韓文考異》。

辭後語・琴操》第三十五引宋・晁輔之的一段話：

愈博涉群書，所作十操，奇辭奧旨，如取之室中物。以其所涉博，故能約而為此也。夫孔子於三百篇皆弦歌之，操亦弦歌之辭也。其取興幽渺，怨而不言，最近騷體。騷本古詩之衍者，至漢而衍極，故《離騷》、〈琴操〉與詩賦同出而異名，蓋衍復於約者。約故去古不遠，然則後為騷者，惟約猶及之。[八]

晁輔之對於〈琴操〉的性質提出極可貴的說明：首先，他指出「操」和《詩經》一樣，是被之弦歌的樂辭。其次，「操」「取興幽渺，怨而不言」接近「騷」的性質；但是「操」又不同於「騷」之宏侈，而以簡約為尚。朱子在《楚辭後語》中把韓愈〈將歸操〉、〈龜山操〉、〈拘幽操〉、〈殘形操〉是為《楚辭》，大概是就其形式上的類似所作的認定。至於宋・唐庚《文錄》說：「〈琴操〉非古詩，非騷辭，惟韓退之為得體」[九]，則是就其風格上的差異而提出的看法。

參・〈琴操〉十首析釋

關於韓愈〈琴操〉十首，原未定何年所作。各本韓集皆次列於〈元和聖德詩〉之後。清方世舉《韓昌黎詩編年箋注》繫於元和十四年（西元八一九年）。清・方世舉云：

八　見宋・朱熹《楚辭後語》卷四，在朱熹《楚辭集注》，（台北，河洛圖書出版社）頁二七七。

九　見宋・唐庚《文錄》，轉引自吳文治《韓愈資料彙編》（台北，學海出版社，一九八四年四月）頁一八八。

按〈琴操〉十章，未定為何年所作。但其言皆有所感發，如「臣罪當誅」二語，與《潮州謝上表》所云「正名定罪，萬死猶輕」之意正同，蓋入潮以後，憂深思遠，借古聖賢以自寫其性情也。[十]

清・陳沆《詩比興箋》則以為非一時之作。陳沆云：

前之四操，蓋作于陽山一謫黜之時，後之六操，乃在潮海竄逐之後。[十一]

也就是說：〈將歸〉、〈猗蘭〉、〈龜山〉、〈越裳〉作於貞元十九年（一西元八〇三年）之後，而〈拘幽〉、〈岐山〉、〈履霜〉、〈雉朝飛〉、〈別鶴〉、〈殘形〉作於元和十四年（八一九年）之後。陳沆之主張，雖自成一說，實有疏於考訂之處。錢仲聯先生辨之已明，在所著《韓昌黎詩繫年集釋》卷十一中，仍將韓愈〈琴操〉十首繫於元和十四年。[十二]

至於韓愈〈琴操〉十首的題材，很可能來自《孟子》、《史記・周本紀》、《史記・孔子世家》、《孔叢子》、崔豹《古今注》、《水經注》等書，然而最直接的題材來源是漢祭邕的〈琴操〉。朱熹《韓文考異》引歐本云：「此效蔡邕作十操，事蹟皆出蔡邕〈琴操〉」。以下即逐首徵引相關資料，

十　參見錢仲聯《韓昌黎詩繫年集釋》（台北，學海出版社，一九八五年一月）頁一一四。
十一　參見清・陳沆《詩比興箋》卷四，（台北，藝文印書館版，一九七〇年九月）頁四三五。
十二　同註十。

試為析釋，或能略窺韓愈撰作之用意及特異之姿采。

（一）〈將歸操〉

孔子之趙，聞殺鳴犢作。

狄之水兮，其色幽幽。我將濟兮，不得其由。涉其淺兮，石齧我足，乘其深兮，龍入我舟。我濟而悔兮，將安歸尤？歸兮歸兮！無與石鬥兮，無應龍求。

按《史記．孔子世家》云：

孔子既不得用於衛，將西見趙簡子。至於河，而聞竇鳴犢、舜華之死也。臨河而嘆曰：「美哉水！洋洋乎！丘之不濟，此命也夫！」子貢趨而進曰：「敢問何謂也？」孔子曰：「竇鳴犢、舜華、晉國之賢大夫也，趙簡子未得志之時，須此兩人而後從政，及其已得志，殺之乃從政。丘聞之也，刳胎殺夭，則麒麟不至郊；竭澤涸漁，則蛟龍不合陰陽；覆巢毀卵，則鳳凰不翔，何則？君子諱傷其類也。夫鳥獸之於不義也，尚知辟之，而況秋丘哉？！乃還，息乎陬鄉，作為陬操以哀之。（《史記》卷四一七《孔子世家》第十七）

此為韓愈寫作本詩的史實根據，漢．蔡邕曾載其辭云：「復我舊居，從吾所好，其樂只且！」[十三]此段

[十三] 轉引自錢仲聯《韓昌黎詩繫年集釋》卷十一（台北，學海出版社，一九八五年一月），以下蔡邕《琴操》原辭皆引自此書。

歌辭自非孔子原作，而是蔡邕手筆。若持與韓愈擬作相較，蔡作不僅篇幅較短，意韻亦淺。

韓愈〈將歸操〉以騷體寫作，起首四句先提狄水，謂狄水深黑，濟渡為難。「涉其淺兮」四句，謂就其淺處涉之，則雙足為水石所傷；就其深處渡之，則蛟龍負舟而上，此蓋形容其進退失據之狀。「我濟而悔」二句，即孔子世家「丘之不濟，其命也夫！」之意，乃將臨河不濟，歸於天命。結語二句，謂不與水石頑抗，亦絕不讓蛟龍予取予求。

清陳沆《詩比興箋》卷四以為〈將歸操〉「無與石鬥兮，無應龍求」與〈秋懷詩〉「有蛟寒可〈題炭谷湫〉「吁無吹毛刃，血此牛蹄殷」皆有指斥權幸之意。所斥之對象為李實、王叔文輩。其實〈將歸操〉之主要意念來自《史記・孔子世家》「君子諱傷其類」與「鳥獸之於不義也，尚知辟之，而況乎丘哉？！」二語。趙簡子殺竇鳴犢、舜華乃當時最不義之事件，孔子獲知此事，遂拒入趙國以示不齒。在韓愈仕宦生涯中亦曾遭受不義之打擊，因此以形象性之語句代言孔子不人趙之心聲，是間接表達對孔子之認同。

（二）〈猗蘭操〉

孔子傷不逢時作。

蘭之猗猗，揚揚其香。不採而佩，於蘭何傷？今天之旋，其曷為然？我行四方，以日以年。雪霜貿貿，薺麥之茂。子如不傷，我不爾覯。薺麥之茂，薺麥之有。君子之傷，君子之守。

宋郭茂倩《樂府詩集》卷五十八《琴曲歌辭》二引《古今樂錄》云：「孔子自衛反魯，見香蘭而作此歌。」又漢蔡邕〈琴操〉云：

〈猗蘭操〉者，孔子所作也。孔子歷聘諸侯，諸侯莫能任。自衛反魯、過隱谷之中，見薌蘭獨茂，喟然歎曰：夫蘭為王者香，今乃獨茂，與眾草為伍，譬猶賢者不逢時，與鄙夫為倫也。乃止車，援琴鼓之雲：「習習谷風，以陰以雨。之子于歸，遠送于野。何彼蒼天，不得其所？逍遙九州，無所定處。世人闇蔽，不知賢者。年紀逝邁，一身將老。」自傷不逢時，託辭於薌蘭云。

宋·郭茂倩《樂府詩集》此詩署名「魯孔子」，其真實性自然值得懷疑。此外還收錄了隋·辛德源〈猗蘭操〉，南朝·宋·鮑照〈幽蘭五首〉、唐·崔塗〈幽蘭〉以及韓愈之〈猗蘭操〉。只是辛德源、鮑照、崔塗諸作皆為五言詩，自內容觀之，都以詠物為主，而韓愈〈猗蘭操〉則以四言寫作，內容扣緊孔子生平行實。可知蔡邕〈琴操〉所載，為韓愈撰作之根據。

本詩共十六句，起首四句謂蘭花盛放，香氣四溢。雖無人採擷佩帶，於蘭何傷？蓋芬芳為蘭所固有也。此喻君子行道，不為莫知而止。「今天之旋，其曷為然？」二句謂天道不行，賢愚倒置。原因何在？非我能知也。「我行四方，以日以年」二句謂我周流四方，多歷年所，未能見用也。「雪霜貿貿」四句，調薺麥原生於寒冬，故雪霜交至之際，正為薺麥茂長之時。蘭若不受彫傷，則我無以見蘭之所以為蘭也。末四句揭示主旨，謂薺麥之得以茂長，係因適時得所；而蘭雖時地不宜，飽受彫傷，猶固守本性，有若君子甘受創傷，亦不改本性，猶然堅持操守也。

本詩借蘭為喻，大力頌揚蘭性以發抒孔子心聲，其實言在彼而意在此。所述正是韓愈自身抑塞難伸之感傷。「君子之傷，君子之守」兼指韓愈甘處可傷之地，不與群小抗爭之操持。《文子》所謂：「蘭芷不為莫服而不芳，君子行道，不為莫知而止。」正是韓愈〈猗蘭操〉所欲表現之主題思想。

（三）〈龜山操〉

孔子以季桓子愛齊女樂，諫不從，望龜山而作。

龜之氛兮，不能雲雨。龜之枿兮，不中梁柱。龜之大兮，祇以奄魯。知將隳兮，哀莫余伍。周公有鬼兮，嗟歸余輔。

《史記・孔子世家》云：

桓子卒受齊樂，三日不聽政，郊又不致膰俎於大夫，孔子遂行，宿乎屯。而師已送曰：「夫子則非罪。」孔子曰：「吾歌可夫？」歌曰：「彼婦之口，可以出走；彼婦之謁，可以死敗，蓋優哉遊哉，維以卒歲。」師已反，桓子曰：「孔子亦何言？」師已以實告，桓子喟然歎曰：「夫子罪我以群婢故也夫！」

又漢蔡邕〈琴操〉云：

〈龜山操〉者，孔子所作也。齊人餽女樂，季桓子受之，魯君閉門不聽朝。當此之時，季氏專政，上僭天子，下畔大夫，賢聖斥逐，讒邪滿朝。孔子欲諫不得，退而望魯，魯有龜山蔽之，辟季氏於龜山，託勢位於斧柯，季氏專政，猶龜山蔽魯也。傷政道之陵遲，閔百姓不得其所，欲誅季氏而力不能，於是援琴而歌云：「予欲望魯兮，龜山蔽之。手無斧柯，奈龜山何！」

《史記》所載，大致就季氏親近女樂，怠惰政務而抒發內心感喟，略謂：「季氏聽信女樂之口，則我不如出走；季氏依循女樂之請，必定遭致敗亡。從今以後，我要優哉遊哉，閒適渡日！」蔡邕〈琴操〉則大致從季氏之專權而抒發義憤，略謂：「本欲瞭望魯國，卻被龜山遮蔽。手無斧柯啊！（喻權柄）能對龜山如何？！（喻季氏）。」

至於韓愈〈龜山操〉則較前二首更富內涵。全詩十句，以騷體為之，假藉龜山為喻，嘲諷季氏無能而專擅，深哀魯國之將隤。「龜之氛兮」二句，謂龜山之山氣，不能出雲落雨。比喻季氏掌政，不能澤及下民。「龜之枿兮」二句，謂季氏有若龜山之樹，歷經砍伐，重生之枝條，根本不堪任為樑柱。「龜之大兮」二句，謂龜山雖大，不過奄有魯國。此譏季氏權勢再大，不過在魯國興風作浪而已。「知將隤悉」二句，謂魯國即將衰隤，國人之中，無人比我更哀傷。「周公有鬼兮，嗟歸余輔」謂周公地下有知，必使我歸輔魯君。兩句結語，十分沈痛，頗能反映孔子悃款不移之忠心。

本詩措辭勁直，清朱彝尊嘗謂：「不若古操渾妙，含味深長。」[十四]清方東樹《昭昧詹言》云：「收句『鬼』字，卻是字訣，若下『神』字便腐。學古歌要直，若曲便嫩。只是意直筆又直，便難看。所以筆調字眼上，又須略變。」[十五]這是對全詩最後兩句所作的評語，可以印証韓愈詩不求平淡的作風。

至於本詩的作意，清陳沆《詩比興箋》曰：「此刺執政之臣，智小謀大，力小任重，無鼎足之望，有棟撓之凶也。」[十六]雖然可取，但是陳沆又實指韓愈譏刺之對象為裴延齡、李齊運、李實、韋執誼等人之「權傾相府，姦欺多端」，則猶可商榷。因為古操貴在「取興幽渺，怨而不言。」假藉古事，抒發憂思，以顯操持，是其述作之最高目的。況德宗朝、憲宗朝，權傾相府，姦欺多端之輩，尚不止裴、李等人，若渾淪指出本詩譏刺「執政之臣」，尚無大誤，實指則或有不能周延之病。

（四）〈越裳操〉

周公作。

雨之施，物以孳。我何意於彼為？自周之先，其艱其勤。以有疆宇，私我後人。我祖在上，四方在下。厥臨孔威，敢戲以侮。孰荒于門？孰治于田？四海既均，越裳是臣。

十四　見清·顧嗣立《昌黎先生詩集注》卷一，（台北，學生書局版）頁一〇八。
十五　見清·方東樹《昭昧詹言》卷十二，（臺北，廣文書局，一九六二年八月）。
十六　見清·陳沆《詩比興箋》卷四，（台北，藝文印書館版，一九七〇年九月）頁四三九。

越裳相傳是交趾國南方的小國家，周成王時曾獻白雉，周公作歌，遂傳為〈越裳操〉。據漢蔡邕〈琴操〉云：

〈越裳操〉者，周公之所作也。周公輔成王，成文王之王道，天下太平，萬國和會。江、黃納貢，越裳重九譯而來，獻白雉執贄曰：「吾君在外國也，頃無迅風暴雨，意者中國有聖人乎？故遣臣來。」周公於是仰天而歎之，乃援琴而鼓之，其章曰：「於戲嗟嗟！非旦之力，乃文王之德。」遂受之，獻于文王之廟。

蔡邕之歌辭僅三句，而且毫無文采，因此程學恂《韓詩臆說》云：「有周公之理，無周公之才，蔡詞不足道也。」韓愈之〈越裳操〉則篇幅加長，內涵更深。全詩共十五句，起首三句，係就蔡邕〈琴操〉「頃無迅風暴雨，意中國有聖人乎」而言，謂雨水普施，萬物滋生，非我使之如此。充分表現周公謙謙之德。「自周之先」四句，謂周之先祖，艱勤開創，是以有此疆宇，造福後人。「我祖在上」四句，謂歷代先祖，臨監在上，甚有嚴威；四方之民，受治在下，豈敢侮慢？！「孰荒于門？孰治乎田？」二句，謂何人荒遊於門內，何人力作於田間，皆為我祖所臨監，此所以國治而民安也。「四海既均，越裳是臣」，謂四海均平，此所以越裳來臣也。全詩用字簡淡，將越裳來臣之功勞，歸美於周朝先祖，頗能彰顯周公斂退之風。但是韓愈作〈越裳操〉也有微諷當道之意。清．王元啟《讀韓記疑》云：「荒于門是戲悔者，治于田是不戲侮者，皆我祖鑒觀之所及也。……舉世皆不荒而克治，此越裳所以來臣也。語語歸功祖德，與古操非旦之力二句同意。」[十七]對一個治國者而言，「非安近無以服遠」、「必內治而後外服」可謂千古不易之鐵則。清．陳沆《詩比興箋》云：「德宗初政清明，叛將投戈于河北；奉天罪己，軍士垂泣于山東，此治于門自不荒于田之驗也。一用奸相，再致播遷，貪彼進奉，權歸節鎮，此荒于門必不治于田之驗也。」暗示韓愈微諷的對象是德宗。

韓愈自言「非三代兩漢之書不敢觀，非聖人之志不敢存」，因此作〈越裳操〉代言周公之心志，除了肯定周公之節操，兼有殷切期盼主上敬畏祖德，綢繆桑土之用意。

（五）〈拘幽操〉

文王羑里作。

目窈窈兮，其凝其盲。耳肅肅兮，聽不聞聲。朝不日出兮，夜不見月與星。有知無知兮，為死為生？嗚呼！臣罪當誅兮，天王聖明。

按《史記．周本紀》云：

公季卒，子昌立，是為西伯。西伯曰文王。遵后稷公劉之業，則古公、公季之法，篤仁、敬老、慈少、禮下賢者，日中不暇食以待士，士以此多歸之。伯夷、叔齊在孤竹，聞西伯善養老，蓋

[十七] 轉引自錢仲聯《韓昌黎詩繫年集釋》卷十一，（台北，學海出版社，一九八五年一月）頁一一五七。

往歸之。太顛、閎夭、散宜生、鬻子、辛甲大夫之徒，皆往歸之。崇侯虎譖西伯於殷紂曰：「西伯積善累德，諸侯皆嚮之，將不利於帝。」帝紂乃囚西伯於羑里。閎夭之徒患之，乃求有莘氏美女，驪戎之文馬，有熊九駟，他奇怪物，因殷嬖臣費仲而獻之紂，紂大說曰：「此一物足以釋西伯，況其多乎？」乃赦西伯。（《史記》卷四《周本紀》第四）

此為韓愈撰作〈拘幽操〉之史實根據。全詩十一句，以文王被囚禁之環境與心情作為表現中心。起首四句，謂張眼所見，一片昏暗，視線凝結，有如目盲。傾耳諦聽，一片蕭條冷落，毫無聲息。「朝不日出」四句，謂囚禁之處，朝不見日出，夜不見月星。耳目無所聞見，不知為死為生。「嗚呼」三句，自歎君王聖明，吾罪當殺。

前賢對此詩之討論甚多，大抵認為「嗚呼！臣罪當誅兮，天王聖明」，為全詩最重要之語句。宋程頤云：「韓退之作〈羑里操〉（按：即〈拘幽操〉）云：『臣罪當誅兮，天王聖明。』道得文王心出來，此文王至德處也。」[十八]清．方世舉《韓昌黎詩集編年箋注》云：「劉會孟詳此詩，謂其極形容之苦，不可謂非怨者。然小雅怨悱而不亂，亦人情也，況此詩唯歸咎于己，怨且無之，又何怨焉？末二語深道得聖人心事，今不知者，竟以為文王語矣。」[十九]方氏且因「臣罪當誅」二語與韓愈《潮州謝上表》所云：「正名定罪，萬死猶輕」之意相同，從而斷定〈琴操〉十首作於貶謫潮州之後。

十八　引見《二程語錄》卷十一，轉引自吳文治《韓愈資料彙編》（台北，學海出版社，一九八四年四月）頁一四一。

十九　見錢仲聯《韓昌黎詩繫年集釋》卷十一，（台北，學海出版社，一九八五年一月）頁一一六〇。

筆者以為韓愈在〈拘幽操〉中最大的成就不是「為人臣止於敬注腳」（沈德潛《唐詩別裁》卷七），而是傳神地呈現周文王的人格情操。具體而言，就是「惟見已之不然，不見人之有不然」（黃震《日抄語》）的人格情操，從世俗的眼光來看，何等迂闊、不可思議；然而，從道德修養角度言之，面對橫逆，猶然深切反省之人格節操，是何等淳淨、難能可貴。此種人格節操，或為韓愈所極端嚮往者。

（六）〈岐山操〉

周公為太王作。

我豳于家，自我先公。伊我承序，敢有不同？今狄之人，將土我疆。民為我戰，誰使死傷？彼岐有岨，我往獨處。爾莫余追，無思我悲。

《史記・周本紀》云：

公叔祖類卒，子古公亶父立。古公亶父復脩后稷、公劉之業，積德行義，國人皆戴之。薰育戎狄攻之，欲得財物，予之。已復攻，欲得地與民，民皆怒欲戰。古公曰：「有民立君，將以利之，今戎狄所為攻戰，以吾地與民，民之在我，與其在彼何異？！民欲以我故戰，殺人父子而署君之，予不忍為。」乃與私屬，遂去豳，度漆沮，踰梁山、止於岐下。豳人舉國扶老攜幼，盡復歸古公於岐下。及他旁國，聞古公仁，亦多歸之，於是古公乃貶戎狄之俗，而營築城郭室屋，而邑別居之。作五官有司，民皆歌樂之，頌其德。（《史記》卷四，《周本紀》第四）

此為韓愈撰作〈岐山操〉之根據。全詩十二句，起首四句謂我邦以豳為邑，肇自公劉。自我承嗣邦家，豈敢有所不同？「今狄之人」四句，謂今戎狄之人，欲奪我土為疆，民雖欲為我戰，誰欲使民死傷？「彼岐有岨」四句謂岐下為險阻之地，我願獨往居處。我邦之民，切莫追從，無因思我而悲。

清・陳沆《詩比興箋》云：「公潮州之貶，以諫迎佛骨。其表言佛本夷狄之人，非中國先王之教，不宜崇奉，使愚民疑惑。故是篇託避狄之詞以寄意。」細察陳氏之說，蓋以狄人喻「佛教」；避狄而遷岐下，即「排佛而歸返先王之教」之意。若從《史記・周本紀》及全詩之內容來看，古公亶父之所以遷岐下目的在避免戰爭，以免造成傷亡。韓愈借古寄情，應與諫迎佛骨無關，或許只是對古公亶父不忍流血的仁恩惻隱表達敬意而已。

（七）〈履霜操〉

尹吉甫子伯奇無罪，為後母譖而見逐，自傷作。

父兮兒寒，母兮兒饑。兒罪當笞，逐兒何為？兒在中野，以宿以處。四無人聲，誰與兒語？兒寒何衣？兒飢何食？兒行于野，履霜以足。母生衆兒，有母憐之。獨無母憐，兒寧不悲？

漢蔡邕〈琴操〉云：

〈履霜操〉者，尹吉甫之子伯奇所作也。吉甫，周上卿也。有子伯奇。伯奇母死，吉甫更娶後妻，生子曰伯邦。乃譖伯奇于吉甫曰：「伯奇見妾有美色，然有欲心。」吉甫曰：「伯奇為人慈仁，豈有此也？」妻曰：「試置妾空房中，君登樓而察之。」後妻知伯奇仁孝，乃取毒蜂綴衣領，伯奇前持之。於是吉甫大怒，放伯奇於野。伯奇編水荷而衣之，採楟花而食之，清朝履霜，自傷無罪見逐，乃援琴而鼓之曰：『履朝霜兮採晨寒，考不明其心兮聽讒言。孤恩別離兮摧肺肝，何辜皇天兮遭斯愆，痛歿不同兮恩有偏，誰說顧兮知我冤？』宣王出游，吉甫從之。伯奇乃作歌，以言感之於宣王。宣王聞之曰：「此孝子之辭也！」吉甫乃求伯奇於野而感悟，遂射殺後妻。

按郭茂倩《樂府詩集》引此詩，其前序謂：「……伯奇……晨朝履霜，自傷見放，於是援琴鼓之而作此操。曲終，投河而死。」[二十]記載略異。此為韓愈撰作〈履霜操〉之根據。

本操以四言古詩為之，共十六句。起首句以哀傷之語氣，泣訴飢寒。並謂己之微罪，理當鞭笞，何以竟遭斥逐？「兒在中野」四句，謂己宿處郊野，四無人聲；無人與語。「兒寒何之。」四句呼應起首四句，謂己寒無人供衣，己飢無人供食。獨行郊野，足履霜冰。「母生眾兒」四句，謂母生眾兒，皆有母憐，唯己失歡，獨無母憐，焉能不悲？！此蓋以委婉語氣，感悟其父，盼能體察失歡之由。

本詩以樸實真率之語句，表達父子無辜被逐出家門之遺憾。通首精工，而含蓄不露。蔣之翹輯注

二十　見宋郭茂倩《樂府詩集》第五十七卷《琴曲歌辭一》，(台北，里仁書局版) 頁八三三。

《唐韓昌黎集》云：「退之十操，惟此最得體，語近古而竟含蓄有味，絕無摹倣痕跡。」[二十一]程學恂《韓詩臆說》云：「妙在質、妙在樨，『逐兒何為』，『獨無母憐』，正是學小弁之怨。」兩說都是就本詩之正面涵義所作之批評。此外亦有是本詩為比體詩者，如清．陳沆《詩比興箋》謂：「此及至〈潮州謝表〉所謂：『臣負罪嬰釁，自拘海島，瞻望宸極，神魂飛去。伏望陛下天地父母哀而憐之』者也。」依陳氏所論，則是將憲宗皇帝比為聽信讒言的父親，將自己比為尹伯奇，期望藉此詩感悟君上，重拾舊歡。然而細讀韓愈〈潮州刺使謝上表〉，措辭雖極悲愴，並無乞憐，祇是自傷。韓愈在文中以文章自命，頌揚削平之功，勸行封禪之事，非比尋常獻諛。通篇硬語相接，雄邁無敵。而陳氏所引數句，適在謝表末端，為貶謫之臣撰作謝上表之俗套，能否印證韓愈藉〈履霜操〉以求哀君父，值得商榷。筆者以為蔡邕之〈履霜操〉辭冗氣緩，頗傷淺露，或為韓愈撰作新辭之動機，假若如此，則韓愈〈履霜操〉之本旨，亦不過在表彰尹伯奇之慈仁純孝而已。

（八）〈雉朝飛操〉

牧犢子七十無妻，見雉雙飛，感之而作。

雉之飛，於朝日。群雌孤雄，意氣橫出。當東而西，當啄而飛。隨飛隨啄，群雌粥粥。嗟我雖人，曾不如彼雉。生身七十年，無一妾與妃。

[二十一] 見錢仲聯《韓昌黎詩繫年集釋》卷十一，（臺北，學海出版社，一九八五年一月）頁一一六六。

吳兢《樂府古題要解》云：

舊說齊宣王時，沐犢子年七十無妻，出薪於野，見雉雌雄相隨，意動心怨，乃仰天歎曰：「聖王在上，恩及草木鳥獸，而我獨不獲。」因援琴而歌以自傷，其聲中絕。魏武帝宮人有盧女者，七歲入漢宮學鼓琴，能傳此曲。[二十二]

崔豹《古今注》述其詞云：

雉朝飛兮鳴相和，雌雄群遊於山阿。我獨何命兮未有家。時將暮兮可奈何？！嗟嗟暮兮可奈何？！[二十三]

按「牧犢子」或作「沐犢子」，蔡邕《琴操》則作「獨沐子」，記載略異，生平亦不詳。韓愈〈雉朝飛操〉共十二句，假託雄雉妻妾相隨，代牧犢子抒發七十而無妻之恨。起首二句先提雉鳥，謂一群雉鳥清晨飛翔天際。「群雌孤雄」六句，續寫一雄雉身率群雌，意氣橫出之狀。「當東而西，當啄而飛」二句落實「橫出」之意。謂此雄雉率性恣縱，當往東飛之時，比雄雉偏往西飛；當落地啄食之時，此雄唯獨不收翼。而所有雌雉，皆卑謙跟從，不敢有違。如此隨飛隨食，令人生羨。「嗟我雖人」四句，

[二十二] 見清顧嗣立《昌黎先生詩集注》卷一，（台北，臺灣學生書局）頁一一一。

[二十三] 見宋郭茂倩《樂府詩集》第五十七卷《琴曲歌辭一》，（台北，里仁書局版）頁八三五。

揭出人不如雉之旨，謂己雖人，實不如一雉；生年七十，竟猶無妻室。

本詩以樸質簡約之語句，率直言之，故清朱彝尊評曰：「後四句傷直致，『曾不如』無太著力，看古詞何等渾然。」二十四所言甚確。程學恂《韓詩臆說》則以為：「只直言之，正足感動。誰為在上者？發政施仁，豈容緩耶？」細考程氏之意，大抵認為韓愈代天下孤獨無依者鳴不平，故有司者，宜速發善政，普施仁恩。

筆者以為韓愈作〈雉朝飛操〉與貞元十一年作〈感二鳥賦〉之動機相類。〈感二鳥賦・序〉云：「今是鳥也，惟以毛羽之異，非有道德智謀，承顧問，贊教化者，乃反得蒙採擢薦進，光耀如此，故為賦以自悼。」賦云：「感二鳥之無知，方蒙恩而入幸；惟進退之殊異，增余懷之耿耿；彼中心之何嘉，徒外飾焉是逞；感生命之湮厄，曾二鳥之不如。」是託鳥為喻，對己不蒙採薦，發抒無限感慨。不過，作〈感二鳥賦〉時，韓愈年方二十八，猶有「幸年歲之未暮，庶無羨於斯類」之氣慨，作〈雉朝飛操〉時，年齡已屆五十二，猶然貶謫潮州，乃有遇合無期，歎老嗟卑之意。

（九）《別鵠操》

商陵穆子娶妻五年無子，父母欲其改娶，其妻聞之，中夜悲嘯。穆子感之而作。

雄鵠銜枝來，雌鵠啄泥歸。巢成不生子，大義當乖離。江漢水之大，鵠身鳥之微。更無相逢日，

二十四 同註二十二。

且可繞樹相隨飛。

宋・郭茂倩《樂府詩集》引崔豹《古今注》云：

〈別鶴操〉，商陵牧子所作也。娶妻五年而無子，父兄將為之改娶。妻聞之，中夜起，倚戶而悲嘯，牧子聞之，愴然而悲，乃援琴而歌。後人因為樂章焉。[二十五]

又引〈琴譜〉云：

琴曲有四大曲，〈別鶴操〉其一也。

其辭云：

將乖比翼兮隔天端，山川悠兮路漫漫，攬衣不寐兮食忘餐。

按此為韓愈撰作〈別鵠操〉之根據。全詩八句，以五言為之。起首二句，言雄鵠銜技，雌鵠啄泥，共築愛巢。三四句言巢成而無子，義當離棄。五六句以江漢之水喻「大義」，「鵠身」喻己。水大鳥微，喻父兄以「大義」相責，不可違抗。七八句，謂自此而後，再無相逢之日，權且繞樹相飛，珍惜相聚之時。

二十五 同註二十三，頁八四四。

本詩託鳥為喻，敘一家庭悲劇，與〈孔雀東南飛〉之題旨相似。古來多少恩愛夫妻，皆因「不孝有三，無後為大」之禮教黯然仳離。韓愈撰作此詩，雖無奇麗之句，飛騰之勢，隨意敘來，氣格自高。清．查慎行評曰：「讀此，覺〈孔雀東南飛〉一首未免冗長。」[二十六]程學恂《韓詩臆說》云：「更無可說，含悲無窮，古今多少去婦詞，皆不及此深厚而悽惻也。」所論甚當。韓愈不就仳離之悲，大肆鋪陳，反而由博返約，不露一絲悲意，所蘊蓄之感染力更大，因此更能動人。

（十）〈殘形操〉

曾子夢見一狸不見其首作。
有獸維狸兮，我夢得之。其身孔明兮，而頭不知。
吉凶何為兮，覺坐而思。巫咸上天兮，識者其誰？

漢蔡邕〈琴操〉云：

〈殘形操〉者，曾子所作也。曾子鼓琴，墨子立外而聽，曲終入曰：「善哉鼓琴，身已成矣，而曾未得其首也」。曾子曰：「吾晝臥，見一狸，見其身而不見其頭，起而為之弦，因曰殘形。」

按此為韓愈撰作〈殘形操〉之根據。全詩八句，前半四句謂夢中得見一狸，有身甚明，而不知其首何

[二十六] 見錢仲聯《韓昌黎詩繫年集釋》卷十一，（台北，學海出版社，一九八五年一月）頁一一六九。

在。後半四句謂覺坐而思其吉凶，可憾巫咸已歸返上天。無人能知此夢之休咎。由於本詩託興幽邈，前賢多不得善解。如明蔣之翹云：「昔劉須溪論十操，惟此最古意，以其不著痕跡也。余以為其辭尚欠歸宿。」清朱彝尊亦曰：「直述事，語亦古直。」曾子夢狸無首，作〈殘形操〉事，本身即難索解涵義，韓愈代曾子抒發心聲，更使人不知其義何屬。程學恂《韓詩臆說》云：「淡得妙。糊塗得妙。笑問青天我是誰，用此章結，既濟未濟。」其說法亦甚「玄妙」，似乎有見於此。

清・陳沆《詩比興箋》云：「賈謫長沙，問吉凶於鵩鳥；屈放江南，託占筮于巫咸。此詩合而用之，明示放臣之感，故以終篇。」若從韓愈貶謫潮州加以思考，則陳氏之說，未嘗無見。韓愈論天旱人飢，被貶陽山；諫迎佛骨，竟謫潮州，人生之荒謬，有過於此乎？清夜捫心，能無慨乎？韓愈所謂：「巫咸上天兮，識者其誰？」或許正在慨歎吉凶休咎之荒謬無常也。

肆・〈琴操〉十首之評價

前賢對於〈琴操〉十首有三種主要的評價類型：**其一是就文字運用之技巧所作之批評**，如朱彝尊評〈將歸操〉「涉其淺兮」四句，謂：「四語近騷而稍加峭快。」評〈猗蘭操〉「不採而佩」二句謂：「太顯，少味。」評〈龜山操〉謂：「語太奇險……稍乏雅味。」評〈拘幽操〉末二句謂：「意雖正，卻不難道，愚則以為尚未圓妙。」評〈雉朝飛操〉「意氣橫出」句謂：「橫出二字太厲。」又謂：「後四句傷直致。」評〈別鶴操〉謂：「水大鳥微，語迂拙。中著之字，更緩弱。」雖然對韓愈之用字提出以上之訾議，整體來說，朱彝尊仍以為：「〈琴操〉果非詩，騷，微近樂府，大抵稍涉散文氣。昌黎以文為詩，是用獨絕。」[二十七]

其二是就格調所作之批評，如宋．嚴羽《滄浪詩話》云：「韓退之〈琴操〉極高古，正是本色，非唐賢所及。」[二十八]這種說法，得到很多人的贊同，最有名的是清人王士禛，王士禛在《師友詩傳續錄》中甚至認為：「中唐如韓退之〈琴操〉，直溯兩周。」[二十九]當然也有人反對過份稱揚韓愈的〈琴操〉，如明胡應麟《詩藪．內篇》卷一以為：「退之〈琴操〉、子厚《鼓吹》，銳意復古，亦甚勤矣，然〈琴 操〉於文王列聖，得其意不得其詞；《鼓吹》於鐃歌諸曲，得其調不得其韻，其猶在晉人下乎？」[三十]清．毛先舒《詩辯坻》卷三亦云：「昌黎〈琴操〉以文為詩，非極詣，昔人賞之過當，未為知音。」[三十一]毛氏所賞，唯〈越裳操〉，〈龜山操〉二首。

其三是就內涵所作之批評。宋．黃震《日抄》卷五十九嘗云：「〈琴操〉大抵意味悠長，拱把不盡。」但是也提出：「將古聖賢之作而述之耶？抑述古聖賢之意而作之耶？」[三十二]兩項值得深思之問題。清．陳沆《詩比興箋》肯定：「〈琴操〉皆被謫時詠懷之作。」易言之，擬古代言絕非韓愈之本

[二十七] 見清顧嗣立《昌黎先生詩集注》卷一，（台北，台灣學生書局版）頁一〇五至一一三。
[二十八] 見郭紹虞《滄浪詩話校釋》（台北，河洛圖書出版社）頁一七二。
[二十九] 參見吳文治《韓愈資料彙編》（台北，學海出版社，一九八四年四月）頁九五五。
[三十] 參見吳文治《韓愈資料彙編》（台北，學海出版社，一九八四年四月）頁八〇六。
[三十一] 參見郭紹虞《滄浪詩話校釋》，（台北，河洛圖書出版社）頁一七二。
[三十二] 參見吳文治《韓愈資料彙編》（台北，學海出版社，一九八四年四月）頁五四〇。

意，而是藉此抒解被謫之後抑塞難伸之悲憤。清・何焯《義門讀書記》從另一個角度說明〈琴操〉的肉涵，何氏云：「十篇皆得不失其操本意。」亦即肯定韓愈撰作〈琴操〉，意在彰顯自身之情操。

以上幾種批評，都持之有故，言之成理，值得參考。若從今人之評論角度來看，韓愈〈琴操〉十首亦有以下幾點特色：

（一）正確掌握琴曲之體式：

所謂〈琴操〉屬於「琴曲歌辭」，非古詩、非騷詞，語言形式不定，而以表現情操為內容。韓愈〈琴操〉十首之中，〈將歸操〉、〈龜山操〉、〈拘幽操〉、〈殘形操〉便用騷體之句式寫作，〈猗蘭操〉、〈岐山操〉、〈履霜操〉以整齊之四言句式寫作，〈越裳操〉、〈雉朝飛操〉以四言長短句式寫作，〈別鶴操〉以五言長短句式寫作，句法極富變化。在韻律方面，〈將歸操〉協「尤韻」、〈猗蘭操〉協「陽」、「先」、「宥」、「有」韻，〈龜山操〉協「霰」韻，〈拘幽操〉協「庚」韻，〈岐山操〉協「車」、「陽」、「語」、「支」韻，〈履霜操〉協「支」韻，〈雉朝飛操〉協「質」、「微」韻，〈別鶴操〉協「微」韻，〈殘形操〉協「支」韻，韻部寬，換韻極為自由，頗為符合古樂歌之體式。

（二）巧妙運用代言之手法：

古樂府之命題有主意，琴曲歌辭更有其史實根據，代言古人心志，本已極為困難，何況韓愈撰作

〈琴操〉時，已有蔡邕等之琴曲歌辭完成在先，韓愈之創作空間十分狹窄。韓愈本其精湛之學養，過人之想像能力，就前人所未措意之處，契入古聖賢之心靈，將「代言」手法發揮得淋漓盡致。如〈將歸操〉就「臨河不濟」代孔子抒心聲，〈猗蘭操〉借「蘭性」代言孔子之心志，〈龜山操〉全就「龜山」為喻，代孔子申述悃款不移之人格，〈越裳操〉以「歸美祖德」代言周公謙敬歛退之情操，〈拘幽操〉以「臣罪當誅，天王聖明」道出文王淳淨之人格，皆與蔡邕〈琴操〉之代言角度不同，因此韓愈對古聖賢心志之掌握，更為具體傳神。

（三）於擬作形式中賦與新義：

就形式而言，韓愈〈琴操〉十首誠然是假設摹倣之作，然而就內涵而言，則有甚多創新之成份。如蔡邕〈將歸〉、〈龜山〉、〈越裳〉三首原辭甚短，僅三兩句，而韓愈則不但篇幅放長，內容增加，而且手法翻新。蔡邕〈拘幽操〉原辭過長，高達二十六句，韓愈則縮短篇幅，以更精確之語句，傳述文王之人格，境界遠高於蔡作。再如〈別鶴操〉古辭為七言詩，共三句，而且詞冗氣緩，韓愈則以五言長短句寫成。可見韓愈之〈琴操〉十首不能單純以擬作看待。再就內涵而言，韓愈代孔子、周公、文王、古公亶父抒發心聲，都有對其嘉言彝行表示認同、敬仰之意；代尹伯奇鳴冤，意在表彰純孝；代牧犢子訴苦，則在自歎遇合無期；代商陵穆子卿訴仳離之悲，則有憐憫家庭悲劇之意；代曾子說夢，則或有慨歎自己吉凶無常之意，凡此皆為古〈琴操〉所無之內涵，可見韓愈雖以擬古之形式寫作，實有新義含藏其中。

伍・結語

經由以上論析，吾人不難獲知：〈琴操〉十首是韓愈本其淵博之學問根柢；敏銳之想像能力精心結撰，不論形式、技巧與內涵，都有高度的成就。夏敬觀《說韓》嘗云：「〈琴操〉、〈皇雅〉一類詩，皆非深於文者不能作。」便是有見於〈琴操〉是學養與天才的結晶。因此，絕不可視為尋常之擬古作品。程學恂《韓詩臆說》以為：「〈琴操〉十首，皆勝原詞，有漢魏樂府所不能及者。」揆諸全詩，洵非虛言。

原載：國立中興大學中國文學系主編：《興大中文學報》，第三期，（一九九〇年一月）頁一八五至二〇〇。

三、韓愈秋懷詩十一首試析

壹・前言

在韓愈的五古中，〈秋懷詩〉十一首是一組很特殊的作品。因為韓愈運用高度精鍊的語言，展現一貫豪宕的本色，但是意匠經營之間，也兼有阮籍、陶、謝的姿采。宋・樊汝霖認為「〈秋懷詩〉十一首，《文選》體也。」明蔣之翹認為「退之〈秋懷〉十一詩，語意耿切，有志復古，此晚唐人不能作也。」清方世舉更推許「昌黎短篇，以此十一首為最。」可見古代詩評家對〈秋懷詩〉十一首評價甚高。

關於〈秋懷詩〉十一首的寫作年代，宋方崧卿《韓集舉正》主張「元和改元任國子博士日作。」清方世舉《韓昌黎詩集編年箋注》繫於元和七年（西元八一二年）自員外郎下為國子博士時作。而清・陳沆《詩比興箋》則提前貞元十七年（西元八〇一年）韓愈官四門博士時作。而舊說之中，以清・陳景雲《韓集點勘》的推斷最為可從。陳景雲曰：

詩乃元和初自江陵掾召為國子博士時作。〈行狀〉云：「時宰相有愛公者，將以文學職處公。有爭先者，搆飛語。公恐及難，求分司東都。」是詩中有云：「學堂日無事」蓋方官國子也。又云「南山見高稜」則猶未赴東都也。至「語阱」、「心兵」諸語，其在已聞飛語後歟？更以〈釋言篇〉參證，公元和元年六月（西元八〇六年）進見相國鄭公，後數日即有為讒於相國之座者，則是秋正公憂讒畏譏時也。

按韓愈在元和元年六月召授權知國子博士，自江陵至襄陽，庚子（八日）發襄陽，甲辰（十二日）至鄧州（河南河陽）冬日抵長安。元和二年，韓愈在京師權知國子博士。陳景雲所指「進見相國鄭公」是指宰相鄭絪；曾欲推荐韓愈為翰林學士。而韓愈在元和二年夏末，即因避謗出京，權知博士分司洛陽。由此可以印證〈秋懷詩〉的寫作年代是憲宗和元元年的深秋。

韓愈自進士及第以來，先後做過汴州推官，從事徐州幕，又任四門博士，歷經陽山之貶，憲宗即位改元大赦，才有機會移官江陵，再赴京師權知國子博士，即以權知國子博士，也有多人毀謗他，可以說，寫作〈秋懷詩〉的時侯是韓愈中年階段，很不得意的時期。這個時侯，由於宦途的歷練，不論思想情感，都趨於成熟穩健，自不同於一般文士的感秋之作，而別有特殊的感性與深刻。

所謂「秋懷」歷來都溯源至宋玉《九辯》，認為是傳統文士感秋興懷的先聲。六朝時代，謝朓曾作〈秋懷詩〉，孟郊亦有〈秋懷詩〉十六首，可知「秋懷」為題，原非韓愈之創舉。全詩十一章，最長二十句，最短十句。以下便逐章析釋，或略能彰顯韓詩之異采。

貳、分章析釋

窗前兩好樹，眾葉光蘶蘶，秋風一披拂，策策鳴不已。微燈照空床，夜半偏入耳。愁憂無端來，感歎成坐起。天明視顏色，與故不相似。義和驅日月，疾急不可恃。浮生雖多塗，趨死惟一軌。

胡為浪自苦，得酒且歡喜。

起首四句寫景，「窗前好樹」與「秋風披拂」原為尋常景緻，著以巍巍、策策兩疊語，頓感句意流動，景象浮凸。「微燈照空床」四句，援用《古詩十九首》「明月何皎皎」章及阮籍〈詠懷〉「夜中不能寐」章之神理，但字句全為新創。此即方東樹《昭昧詹言》所謂：「韓、蘇之學古人，皆求與之遠，故欲離而去之以自立。」之意。其中「夜半偏入耳」「策策鳴不已」句，對於秋聲之動人心魄，實有傳神之描述。「天明視顏色」二句，轉寫樹葉凋瘁變色，與前「眾葉光巍巍」形成鮮明之對照，因而揭出來末尾六句的主旨。意謂：羲和之神，驅策日月，使光陰疾急，不可仗恃，而人生在世，生涯雖有多種，趨赴死亡之軌轍，卻僅一條，因此何必自苦？得酒聊且開懷！在此，反映出韓愈警悟到愁憂無益，徒然傷身，立即自寬自解，調整心態的理智精神。

白露下百草，蕭蘭共凋悴。青青四牆下，已復生滿地。寒蟬暫寂寞，蟋蟀鳴自恣。運行無窮期，稟受氣苦異。適時各得所，松怕不必貴！

起首援用宋玉《九辯》「白露既下百草兮」之成句，次用劉孝標〈廣絕交論〉「蕭艾與芝蘭共盡」之句意，營造出一片肅殺之秋景。三四句寫牆邊四下，長滿青翠之雜草。五六句進一步寫寒蟬才寂靜下來，蟋蟀已恣意鳴叫。由詩材之選擇來看，韓愈自然不是單純寫景，而是用比興之手法，表達心中的不平。試看結尾四句，韓愈對這些景象之解釋，可以得到一些訊息。他說：寒暑之變化，原無止期；

自然事物亦各有極大不同之稟性，投合時令，便能各得其所，因此松柏之後凋於歲寒，也就未必可貴！何焯《義門讀書記》評曰：「牆草、蟋蟀，得氣之偏者，言物亦各遭其時，非必以草木之榮悴生感也。」實在目光如炬，因為何焯洞悉韓愈之秋懷，與一般文士以草木搖落自此的情懷不同性質。從表面來看，本章不過在描述「蘭蟬告退，草蟲得時」，而結尾語似也平和達觀，但因刻意對松柏之後凋作翻案，也就抒放出無限巨大的憤怨來。

彼時何卒卒？我志何曼曼？犀首空好飲，廉頗尚能飯。學堂日無事，驅馬適所願。茫茫出門路，欲去聊自勸。歸還閱書史，文字浩千萬。陳跡竟誰尋？賤嗜非貴獻。丈夫意有在，女子乃多怨。

起聯兩問句，即班固〈幽通賦〉「道修長而世短」之意，是對年壽有時而盡，志業曼曼無際所生之感歎。續以犀首（公孫衍）受冷落而飲酒，廉頗以能飯期待見用此喻自己的境遇。當時韓愈身任國子博士之閒職，因此有「學堂日無事，驅馬適所願」之語；而投閒置散，非己所願，因此又有「茫茫出門路，欲去聊自勸」之內心掙扎。至於「歸還閱書史，文字浩千萬」則自述用力之勤，非常人可此。「陳跡竟誰尋？賤嗜非貴獻。」大抵表示自己的志業，與當時之達官貴人大不相同。以上詩句，飽含抑塞不平之意，為免小人之譏，結語暗中作轉，鄭重表示自己的悲秋，是志士之悲慨，絕非小人的怨望。

秋氣日惻惻，秋空日凌凌。上無枝上蜩，下無盤中蠅。豈不感時節，耳目去所憎！清曉卷書坐，南山見高棱。其下澄湫水，有蛟寒可罾。惜哉不得往，豈謂吾無能？

本章起首寫秋氣之悽惻，秋空之凌慄。「惻惻」、「凌凌」原為情語，用以寫景，則秋景皆著有感情之色彩。「上無枝上蜩」以下四句，則顯然藉枝上蜩與盤中蠅為喻，進行譏刺。譏刺的對象，是憲宗朝的朝臣們。當時朝廷人事、政局變化多端，韓愈自身亦由陽山而郴州而江陵，在江陵權知國子博士，再由江陵到長安赴任。因此，「豈不感時節，耳目去所憎」的心理是不難理解的。明．鍾惺在《唐詩歸》中謂此二句「弧衷峭性，觸境吐出。」查慎行亦稱許「妙在隨事多有指斥。」本章下半六句寫秋曉讀書，遙見南山之峰棱，忽然興起親赴山下，手罾蛟龍之逸志，但是受到國子博士之束縛，只有痛惜悵望了。陳沆《詩比興箋》謂：「蜩蠅之去，可惜之小者，寒蛟之罾，可圖之大者也。內而宦寺權奸，外而藩鎮叛臣，手無斧柯，掌乏利劍，其若之何！」頗能得其指指要。

離離掛空悲，慼慼抱虛警。露泫秋樹高，蟲弔寒夜永。斂退就新儒，趨營悼前猛。歸愚識夷塗，汲古得脩綆。名浮猶有恥，味薄真自幸。庶幾遺悔尤，即此是幽屏。

起首四句，句法倒裝。所謂「離離掛空悲」，由「露泫秋樹高」來。所謂「慼慼抱虛警」，由「蟲弔寒夜永」而來。四句意謂：高高秋樹，滴落露水，似有離離掛空之悲；切切秋蟲，哀弔長夜，似有向虛示警之憂。程學恂《韓詩臆說》云：「悲無所寄，故謂之空悲；警無所著，故謂之虛警。然實有所悲，實有所警。」故知掛空之悲，抱虛示警，其實是韓愈當下的感觸。「斂退就新儒」以下六句，句句似格言，充滿憂讒畏譏，今是昨非之意味。大抵式說：自己在心態上已改趨營為斂退，在行為上已易剛猛為柔弱。而且，自從認取愚拙的哲理以來，已經覓得人生之坦塗；而多讀書史的結果，獲致汲取古人智慧之長繩。由於以上的調適，眼前的浮名令人汗顏，故曰：「名浮猶有恥」，而品味的日趨平淡，也值得慶幸，故曰：「味薄真自幸」長此以往，可以免於尤悔，安身立命，故謂：「庶幾遺悔尤，即此是幽屏。」陳沆《詩比興箋》云：「前比猛於趨營，則名常苦其不足；今此斂就新儒，則名尚恥其有餘。至是而始識夷塗矣，知不幸中之幸矣。文集〈五箴〉，克己懲創，即是時作耶？」即著眼於韓愈心態與行為上的轉變。至於本詩在詩句的鍛鍊方面，何焯評前四句謂「字字生造，新警之極」，此評施之全詩，亦無不可。施補華《傭硯說詩》評曰：「秋懷詩，古人尺度。如『露泫秋樹高，蟲弔寒夜永』宛然晉宋人語也。『飲退就新儒』四語，則效大謝之削鍊，而理致較勝。」就本章詩語之精，理致之勝，溯源於晉宋。論見十分精闢，可以參考。

> 今晨不成起，端坐盡日景，蟲鳴室幽幽，月吐窗冏冏。喪懷若迷方，浮念劇含梗。塵埃慵伺侯，文字浪馳騁。尚須勉其頑，王事有朝請。

起首二句敘事，所謂「不成起」指當日不是正常起身，「盡日景」指當天枯坐了一日。三四句寫夜景。蟲鳴使室內更為幽靜，月出使窗外更為明亮。五六句抒感。謂己心情惡劣，有若迷失方向；而思緒翻騰，亦多病謬。末尾四句自反之詞。謂己宦場雖不得意，著述還能倚馬萬言。因此，猶須祛除愚頑，勉力於朝請。由末聯來看，韓愈一面想出世，一面想入世，於是自傷自反之間，不免陷入何去何從的迷惘。何焯《義門讀書記》曰：「『尚須勉其頑』三句，仍不能終于幽屏，與『離離掛空悲』結句反對。」所述正是此意。

秋夜不可晨，秋日苦易暗。我無汲汲志，何以有此憾？寒雞空在棲，缺月煩屢瞰。有琴具徽絃，再鼓聽愈淡，古聲久埋滅，無由見真濫。低心逐時趨，若勉祇能暫。有如乘風船，一縱不可纜。不如觀文字，丹鉛事點勘。豈必求贏餘，所要石與儋瓦。

首言夜長，次言晝短。由「不可晨」、「苦易暗」兩語，可知韓愈造句不求平淡自然的作風。三四以問句表達正意，謂己若無汲汲進之心，何來晝短夜長之憾？似若自我寬解，實乃自悼投閒置散。「寒雞」句應「秋夜不可晨」；「缺月」句，應「秋日苦易暗」，都在點染秋景。「有琴」四句，借用陶潛之典故，參以新意，謂：我有一琴，徽絃具在，一再彈奏，琴聲越發古淡，但因雅樂埋滅已久，無人領略琴聲之真濫。「低心逐時趨」四句，謂己亦曾低首下心，趨從流俗，但因性所不堪，放雖努力，亦不能持久。譬若乘坐帆船，既已順風馳逐，便不能以繩纜維繫。末尾四句，謂己雅不欲趨俗，擬以著述為樂，然此舉亦意在獲得石儋瓦之糧而已，非藉此追求富實也。

卷卷落地葉，隨風走前軒。鳴聲若有意，顛倒相追奔。空堂黃昏暮，我坐默不言。童子自外至，吹燈當我前。問我我不應，饋我我不餐。退坐西壁下，讀詩盡數編。作者非今士，相去時已千，

> 其言有感觸，使我復悽酸。顧謂汝童子，置書且安眠，丈人屬有念，事業無窮年。

起首四句，藉落葉起興，點染秋景。謂落葉飄行於屋前，嗚聲似若有情，來回追奔。「空堂黃昏暮」四句，寫幽居獨坐之況。所謂「不言」、「不應」、「不餐」正是悒鬱難申之狀。「退坐西壁」四句，藉讀詩受感染，巧妙傾吐內心之積鬱。所謂「其言有感觸，使我復悽酸」，「復」字正表示悽酸乃讀詩之前既已存在。結尾四句，令僮子收拾書籍先眠，已則有所思慮，蓋以己之志業，乃一生亦不能完成也！結語雖未明言所念何事，然意態兀傲，十足表現韓愈之本色。陳沆《詩比興箋》曰：「此與『霜風侵梧桐』篇，俱以落葉起興，不言不應不餐，即『霜風侵梧桐』章所指之憂也。憂之無益，則置之而尋書。書後生感；又置之而就枕。然所感何事，終不能言也。」程學恂《韓詩臆說》云：「此首在十一篇中，最為顯暢。然情與感觸，亦正無端。」都說明此章表現的重心，是韓愈幽居獨坐、悒鬱難申之情懷。

> 霜風侵梧桐，眾葉著樹乾。空階一片下，琤若摧琅玕。謂是夜氣滅，望舒霣其團。青冥無依倚，飛轍危難安。驚起出戶視，倚楹久汍瀾。憂愁費晷景，日月如跳丸。迷復不計遠，為君駐塵鞍。

本章與「窗前兩好樹」、「卷卷落地葉」都是韓愈感於落葉而作。若論想像之神奇，當以本章為最。起首二句述霜風侵襲梧桐，樹葉皆已乾枯。三四句突發奇想，謂落葉聲有如琅玕摧製之聲。「謂是夜氣滅」四句，推想夜氣已滅，團月墜落。並且以為：廣闊之夜空，了無依倚，使月車危疑難安。

上述六句，完全出自想像，而且一句此一句奇峭，寫得驚心動魄。其實所謂「無依倚」「危難安」都是韓愈處境孤立在下意識所生的感覺。「驚起出戶視」四句，述聞葉聲而心驚，出門探視，不禁倚楹流淚。因為他已警悟到：無端的愁憂，已不知浪費多少光陰。而日月正如跳躍的彈丸，不停前行。結尾謂迷途知反，便無須算計遠近，只是懷疑望舒司御，從此便能停駐塵鞅嗎？語下仍感悵惘。陳沆《詩比興箋》曰：「聞落葉而誤疑望舒之隕團，因誤疑而憂及青冥之危轍，憂國恍惚，如夢如醉。汍瀾倚戶，而冀迷復之不遠，念及時之尚可為也。」程學恂《韓詩臆說》亦詩曰：「大臣憂國，心神恍惚，真《騷雅》之嗣也。」二家皆強調韓愈憂國，心神恍惚，作了以上的奇想。其實也可能是韓愈對自身處境所生的危機意識所致。

> 暮暗來客去，群囂各收聲。悠悠偃宵寂，亹亹抱秋明。世累忽進慮，外憂遂侵誠。強懷張不滿，弱念缺已盈。詰屈避語阱，冥茫觸心兵。敗虞千金棄，得比寸草榮。知恥足為勇，晏然誰汝令？

本章一二句敘夜暗之後，來客已歸，群囂皆息。三四句敘已悠悠偃臥於靜寂之秋宵。秋光漸漸移入懷中。以上四句，先描繪出萬籟俱寂的情境。「世累進慮」「外憂侵誠」是思潮起伏之狀態。「強懷張不滿」六句，是自省的結論。韓愈領悟到剛強的意志，並不能使自己獲得真正的滿足，而柔弱的心態，卻反而使缺憾逐漸圓滿。「詰屈」二句，是韓愈自己覺得平日行文詰屈，躲開了言語的陷阱（語阱）；此刻在冥茫之中，亦接觸到一些隱而未發的欲望（心兵）。「敗虞」二句是韓愈看出自己常把失敗視為很重大，把獲得看待為很尋常。既有以上的省悟，故謂「知恥足為勇」，而世間除了自己，有誰更能抒解內在的焦慮呢？故謂「晏然誰汝令」。本章表現出韓愈自省的能力，語意凝鍊，充滿理趣。

鮮鮮霜中菊，既晚何用好，揚揚弄芳蝶，爾生還不早。運窮兩值遇，婉孌死相保。西風蟄龍蛇，眾木日凋槁。由來命分爾，泯滅豈足道。

起首先提菊花，謂霜月中盛開著菊花，然而時節已晚何以開得如此美好？繼提芳蝶，謂芳蝶雖翩翩飛舞，其實已生得不早。顯然韓愈借物喻己，以寄其不遇之歎。「運窮」二句，提醒菊花、芳蝶應在窮途厄運之時，相互扶持。後來詩評家，謂二句指妻子而言，實未必然。「西風」以下，言龍蛇為西風所伏蟄，樹木亦日趨枯槁，由此悟到：盛衰存亡，自古即為萬物之宿命，因此，面臨滅亡，亦惟安命而已。劉辰翁謂此詩「甚悲惋自足，有守死不易之志」可謂確言。

參．小結

綜觀韓愈〈秋懷詩〉十一首，具有以下之特色：

（一）取法古人，自具本色：

樊汝霖曰：「〈秋懷詩〉十一首，《文選》詩體也。」所謂選體，與唐代近體相對，指《文選》所收之五言古詩。樊氏此語，若指〈秋懷詩〉十一首皆源自《文選》，固然不確，此劉辰翁、姚範、夏敬觀辨之已明。若指詩體之古雅，筆勢之恣縱，則誠為確言。觀〈秋懷詩〉十一首之神理，頗有隱括宋玉《九辯》、阮籍〈詠懷〉之處，其內涵之淳厚似陶潛，而其即景言理又似謝靈運。但是〈秋懷詩〉造語之奇警，詩法之變化，則又迥異於前人。是知韓愈之〈秋懷〉，雖有取於古人，卻獨具其豪宕之本色。

（二）寄意深曲，似莊似諷：

韓愈〈秋懷詩〉之內涵觀為多樣，十一首詩中，寄意多端。有愁憂意（「窗前兩好樹」章）、憤怨意（「白露下百草」章）、不與時偶之歎（「彼時何卒卒」章）、悵望意（「秋氣日惻惻」章）、今是而昨非意（「離離掛空悲」章）、自傷自反意（「金晨不成起」章）、亢傲自得意（「卷卷落地葉」章）、憂國意（「霜風侵梧桐」章）、斂退自策勵意（「暮暗來客去」章）、悲惋自足意（「鮮鮮霜中菊」章）。錢謙益《秋懷唱和詩序》說得好：「夫悲憂窮蹇，蛩吟而蟲弔者，今人之秋懷詩也。悠悠亹亹，畏天而悲人者，退之之秋懷也。」陳沆《詩比興箋》云：「〈秋懷〉始於憂世，終於憂學，所異於秋士之悲者在此。」都在說明韓愈〈秋懷詩〉寄意之深曲。

（三）表達之方式亦奇變而多樣

如：「白露下百草」章以「適時各得所、松柏不必貴」二句翻案達意。「彼時何卒卒」章，以「陳跡意誰尋？賤嗜非貴獻。」之諷語寄意。「秋氣日惻惻」章以「惜哉不得往，豈謂吾無能」歎語寄意。「離離挂空悲」章，以「庶幾遺悔尤，即此是幽屏」莊語寄意。或正或反，或莊或諷，每章之章法皆不同。

原載：國立中興大學中國文學系主編《興大中文學報》，第一期（一九八八年五月）頁六十一至六十八。

四、中華叢書《韓愈古文校注彙輯》評介

韓愈是中唐文學大家，韓愈研究一直是唐代文學研究的熱門領域，海峽兩岸都有不少高質量的韓學著作出版。以大陸而言，一九九六年七月四川大學出版社出版屈守元、常思春主編《韓愈全集校注》（五巨冊），堪稱韓學研究的大事。一九九八年八月江蘇教育出版社出版張清華《韓學研究》（上下冊）、一九九八年十二月南京大學出版社出版卞孝萱、張清華、閻琦合著的《韓愈評傳》、一九九九年八月巴蜀書社出版陳克明《韓愈年譜及詩文繫年》，都是質量很高的韓學著作。

在臺灣地區，羅聯添、王更生、胡楚生、汪淳、何寄澎、潘呂棋昌、王基倫、方介、柯萬成諸教授以及筆者，近十年來，都有相關論著發表。而在新近出版的韓學著作中，則以羅聯添教授主編的《韓愈古文校注彙輯》最具特色。這是一部篇幅十分龐大的著作，全文厚達四八四〇頁，分裝為五巨冊。由國立編譯館主編・出版，鼎文書局總經銷，民國九十二（二〇〇三）年六月正式上市。

羅聯添教授是唐代文學大師，也是國內最重要的唐代研究組織「中國唐代學會」發起人。曾任國立臺灣大學中國文學系教授兼系主任，著作等身，育才無數。主要著作有：《韓愈研究》、《韓愈傳》、《柳宗元事蹟繫年暨資料彙編》、《唐代詩文六家年譜》、《白居易散文校記》、《唐代四家詩文論集》、《唐代文學論集》上下冊。另編有：《隋唐五代文學批評資料》、《中國文學史論文選集》四冊、《中國文學史論文選集續編》、《國學論文選集》、《國學導讀》等多種。羅教授也是少數願意

投注大量時間、精力編製專題書目的學者，由早期的《唐代文學論著集目》（與王國良教授合編，學生書局版）到後來的《中國文學研究論著集目》（五南圖書公司版），都曾受到學界歡迎，嘉惠後學不淺。

更重要的是早在二十年前，羅教授就已經注意到「古籍整理」這類基礎工作的重要性。羅教授開風氣之先，與國立編譯館簽訂「歷代詩文集校注計畫」，這個計畫持續近二十年，羅教授親自邀集學界同人、並帶領門生後進，進行詩文校注工作，至今已出版十餘種新校注本歷代詩文別集；臺灣地區眾多研究唐代文史的後進同人，無不蒙受到羅教授的霑溉。

在臺灣，學者研究韓詩，多半以錢仲聯《昌黎詩繫年集釋》為文本；至於研究韓文，則以馬其昶《韓昌黎文集校注》為根據，兩書各有崇高的學術價值。其中馬其昶的《韓昌黎文集校注》，由於完成時間較早，隨著韓文研究之逐漸深化，已經難以滿足學者要求。宋代以來有關韓愈詩文集校勘、箋注資料其實十分繁多，因分屬不同書籍，學者研讀之際，搜求為難，使用十分不便。羅教授有鑑於此，很早就想編寫一部能夠涵蓋歷代箋校成果、綜攝古今評釋源流的韓文本子。

據羅教授表示：本書發願寫作的年代很早，在民國八十年二月與國立編譯館訂定寫作契約。花費三年時間蒐集資料，然後組成「韓文校注彙輯小組」，這一個小組成員，都是國內專研唐代文學、對各體文章有專業素養的學者，包括：方介（台大）、王基倫（台師大）、謝佩芬（台大）、邱琇環（北一女中）、潘呂棋昌（交大）及羅聯添教授本人。「韓文校注彙輯小組」歷經多年艱苦寫作，至民國八十六年冬，工作接近完成時，四川大學出版社出版了《韓愈全集校注》，然因該書雖已力求詳集歷代舊注，當代重要的校勘、詮評資料，還是有所遺漏。例如大陸學者童第德先生，對於韓文之校勘與詮解，有突破性貢獻，而其《韓集校詮》（全二冊），即未採錄；台北故宮博物院藏《影印宋本昌黎集》亦未能運用，且其書體例、作法與本編亦有所不同，這是羅教授覺得本書仍有出版價值的原因。

至於本書之編寫架構與寫作分工，據羅教授在《韓愈古文校注彙輯・前言》所示：方介教授負責卷一與外集、王基倫教授負責卷二與卷五、謝佩芬教授負責卷三與卷八、邱琇環女士負責卷四與卷六、潘呂棋昌教授負責卷七，羅聯添教授本人則負責附編之寫作。

本書正文，採用明萬曆徐世泰東雅堂本《昌黎先生集》古文部分作底本，對於韓愈各體文章的編次，則依據馬其昶《韓昌黎文集校注》。宋代以來既存之校注、評說以及各類總集、選集等評注資料，皆所採錄。在版本方面，徵引了17種重要的本子，包括：故宮博物院藏唐・李漢編《宋本昌黎先生集》、《宋殘本昌黎先生集》、北京圖書館藏南宋蜀刻本《新刊經進詳補昌黎先生文集》、前人據宋理宗紹定二年張洽在池州刻白文本配補《新刊經進詳補昌黎先生文集》、北京圖書館藏《宋蜀刻本昌黎先生文集》、清人抄補《宋蜀刻本昌黎文集》、美國康乃爾大學藏唐・李漢編、宋・祝充《音註韓文公文集》、四庫全書本南宋・方崧卿《韓集舉正》、山西祁縣圖書館藏宋紹定二年張洽校訂本影印南宋・朱熹《昌黎先生集考異》、宋寧宗慶元六年刻南宋・魏仲舉編《五百家注昌黎先生集》、清康熙間晉安林氏刊本明・蔣之翹注《唐韓昌黎集》、清康熙間晉安林氏刊本清・林雲銘評註《韓文起》、文淵閣四庫全書本清陳景雲《韓集點勘》、明萬曆間東吳徐氏東雅堂刊本為底本宋・廖瑩中集注清・盧文弨批校《昌黎先生集》、清・方成珪《韓集箋證》、清・沈欽韓撰胡承珙訂《韓集補註》、清・馬其昶校注馬茂元編校《韓昌黎文集校注》。另外引用了《文苑英華》等四種總集；《古文關鍵》、《崇古文訣》、《文章軌範》等34種選集評註資料，以及吳文治編《韓愈資料彙編》、童第德《韓集校詮》、羅聯添《韓愈研究增訂三版》等三種今人之著述。

本書之編寫小組寫作態度十分認真，宋人穆修嘗謂韓文：「制述如經。」其實本書對韓愈文章所作注疏，也已提升到「為經典作注」的規格。《韓愈文集》是門人李漢所編定，宋代以前韓集流傳已無從查考，但是宋人對韓集曾經下過很大功夫。據說穆修曾以二十餘年之時光補正韓集。晚年還曾募工鏤板，印行韓柳集數百部，設市鬻之。其後歐陽修亦曾校訂韓集。但是宋人對韓集所作之校勘，還是以洪興祖、方崧卿、朱熹之貢獻最大。洪氏秉持客觀之態度，對諸本之異同，不敢以私意妄加改易，往往異同兼存。可惜洪氏之校本並未流傳。方崧卿之校勘成果，見之於《韓集舉正》。朱熹之校勘成果完全展現在《韓文考異》中。韓文的版本異文，清代學者曾持續作精細的研究。

本書除了盡力蒐求舊本，還將各種不同版本的異文，作嚴謹察考。充分吸收宋、清諸家之考訂成果。對於一些仍有疑義的地方，則運用校勘方法，考定文字，力圖編出最佳善本。

概而言之，本書至少具有下列三大特色：

第一，充分運用訓詁手段，逐字逐句箋釋韓文，並廣徵博引歷代典籍，作為疏證。宋人除了校勘、補綴韓集，還對韓集作註釋。最早的注本是樊汝霖《韓集譜註》，其次是韓醇《新刊詁訓唐昌黎先生文集》、祝充《音註韓文公文集》，隨著韓集研究的深入，宋代最後出現一個綜合的本子，此即廖瑩中編《世綵堂昌黎先生集注》，明萬曆中，徐世泰就世綵堂本覆刻，此即《東雅堂昌黎集註》。其後，清．陳景雲又據世綵堂所註《韓集》，糾正其誤，因成《韓集點勘》四卷。此書考據史傳，訂正訓詁，刪繁補闕，較原本更為精實。以上所有資料，編寫小組皆能一本所知，深入辯證，廣為增補，絕大多數皆已採入本書。

眾所皆知，有關韓文之箋釋，見解頗有異同，何者確當？何者未諦？本書大體都能評比分辨，並給予適當抉擇與判斷。至於韓文用典方面，前賢有謂：「杜詩、韓文無一字無來歷」，本書除吸收前賢的成果，已經盡力考求韓文語典之來源。

第二，對於韓文之文理、章法，適度徵引古今評論資料加以梳理。一些研究唐宋古文必備的專書如：宋．呂祖謙《古文關鍵》、宋．謝枋得《正續文章軌範》、舊題明．歸有光《文章指南》、清．金聖嘆《天下才子必讀書》、清．林雲銘《古文析義》、清林雲銘《韓文起》、清．過珙《古文評註全集》、清高宗御選《唐宋文醇》、清．吳闓生《古文範》、清．吳闓生《桐城吳氏古文法》、民國．高步瀛《唐宋文舉要》、民國．宋文蔚《評註文法津梁》、民國．杭永年《古文快筆貫通解》、民國．李扶九《古文筆法百篇》，乃至於不著編人之朝鮮學者所編之《韓文正宗》，其中有關章法、結構之分析、或者篇章評論意見，都擇優納入註文中。

第三，各篇文章之後，臚列現存的析論、評點資料，以供後學者參證。此外，羅聯添教授親自編纂的《韓愈古文校注彙輯．附編》，厚達一二〇〇餘頁。分為：「韓愈事蹟」、「韓愈年譜新編」、「古文評說類編」、「昌黎集序跋」、「韓愈研究論著集目」五大部分。前時吳文治先生主編《韓愈資料彙編》二巨冊，學者稱便，羅教授《韓愈古文校注彙集．附編》更加體貼學者研究之需要，可謂功德無量。

關於本書之讀法，筆者以為：就初階讀者而言，應先讀羅聯添教授《韓愈研究》一書，先對於韓愈家世、事蹟、交遊、各體韓文，有個初步瞭解，再來翻閱《韓愈古文校注彙輯．附編》。由於《附編》之資料，也十分繁富，所以應分為「其書」、「其人」、「其文」三步驟進行。先讀《附編》「昌黎集序跋」，以期瞭解《韓昌黎文集》之形成與歷代各種版本優劣得失；再讀「韓愈年譜新編」，以便深入理解韓愈生活、宦歷與創作情形；再讀「古文評說類編」，將韓愈古文總論、韓愈各體文章綜論看個大概，然後循序漸進，展讀各卷文章。實際閱讀各體文章時，除細看每一段落之「校注」，以求通曉全篇文義，也應由篇末所附「評說」資料，深入研探文理，細味韓愈古文之意匠經營，從而獲致美感之體驗。

對於進階讀者而言，不必費時費力，奔走於不同的典藏地點；所有能看到的、有關韓愈古文的考證、校勘、箋注、分析、評論資料，都已分類呈現眼前。通讀全書，必能感受到「宗廟之美，百官之富」，從而依據自身研究取向，找到足夠的原典資料。

而對於一個已經卓然有成的韓文專家來說，本書將提供一個宏觀全局的好機會：各種既存的議題，都可以得到再檢討；各種新研究法、新研究課題，都可以得到實驗或開發的機會，而無文獻缺乏之疑慮。隨著研究層面的深化，通讀全書，深入體會前修論韓意見之後，肯定會有嶄新的研究課題，紛然湧現。

總之，羅聯添教授《韓愈古文校注彙輯》，對於初階的讀者，固然是一部極佳的韓文善本；對於進階的論者，更能從綜包古今論韓資料中，輕易獲得研究啟發；對於所有韓文專家而言，都是一部應該常置案頭、不可或缺的著作。

原載於：國立編譯館主編：《國立編譯館館刊》三十二卷第一期，（二〇〇四年三月）頁八六至九六。

五、試論孟郊之樂府詩

孟郊之作品，自從被蘇軾譏誚為「寒蟲號」（〈讀孟郊詩〉）、被元好問批評為：「高天厚地一詩囚。」（〈論詩三十首〉）以來，曾受到許多詩論者刻意的冷落。其實，孟郊詩不但是中唐「元和體」之一[一]，當時還有「孟詩韓筆」[二]之稱。孟郊詩之體貌與造境，並非毫無可取，不能一筆抹殺。

孟郊銳意復古，追摹漢魏。固因自身遭遇，多飢寒傷感、窮愁失意之作，然而性行仁厚、事親至孝，在吐露悲苦之外，也顯現多樣之情懷。在此擬以孟郊之樂府詩為例，論析其題材內容、形式技巧、藝術成就，或能在盤硬峭刻、奇險冷僻之外，彰顯孟詩之另一面相。

壹．孟郊樂府詩之題材類型

今傳孟郊詩集為宋．宋敏求所編次，釐為樂府、感興、詠懷、游適、居處、行役、紀贈、懷寄、酬答、送別、詠物、雜題、哀傷、聯句十四類，歷來刊本，皆沿此例。如四部叢刊景印明弘治己未刊

一　唐．李肇《國史補》卷下云：「元和以後，為文筆則學奇詭于韓愈，學苦澀于樊宗師，歌行則學流蕩于張籍，詩章則學矯激于孟郊，學淺切于白居易，學淫靡于元稹，俱名為『元和體』」見王汝濤編校《全唐小說》第三卷（山東文藝出版社，一九九三年三月）頁一八六二。

二　唐．趙璘《因話錄》卷三云：韓文公與孟東野友善。韓公文至高，孟長於五言，時號「孟詩韓筆」。見王汝濤編校《全唐小說》第三卷（山東文藝出版社，一九九三年三月）頁一九五五。

本《孟東野詩集》、汲古閣刊本《孟東野詩集》[三]都在卷一、卷二收錄孟郊之樂府詩。惟汲古閣刊本卷一多出〈妾薄命〉、〈望遠曲〉兩首，因此，現存孟郊之樂府詩共計六十九首，其中又有三十首收入宋．郭茂倩所編《樂府詩集》中。

孟郊重視倫常關係，夫婦一倫尤為樂府重要題材。如〈列女操〉云：「梧桐相待老，鴛鴦會雙死，貞婦貴狗夫，捨生亦如此。波瀾誓不起，妾心井中水。」全詩以梧桐及鴛鴦為喻，寫出夫婦老死不渝之恩情。再如〈結愛〉云：「心心復心心，結愛務在深。一度欲離別，千迴結衣襟；結妾獨守志，結君早歸意。始知結衣裳，不如結心腸。坐結行亦結，結盡百年月。」以「結」字綰合全詩之意念，早歸之意、獨守之志，脫口而出，令人為之動容。其〈靜女吟〉云：「豔女皆妒色，靜女獨檢蹤。任禮恥任粧，嫁德不嫁容。君子易求聘，小人難自從。此志誰與諒，琴弦幽韻重。」詠靜女任禮修持，唯君子能為媒聘，而此志難為人知，亦唯託琴弦以寄幽怨。其〈望夫石〉云：「望夫石，夫不來兮江水碧，行人悠悠朝與暮，千年萬年色如故。」石在在湖北武昌，傳說古代女子在此望夫歸，久而成石。孟郊詠此，旨在對貞婦表達敬意。而其〈遊子吟〉，則以母子親情為題材，命意真摯，頗能道出遊子心事，清．吳喬《圍爐詩話》盛讚為：「六經鼓吹。」[四]更有不少清朝詩人仿作此詩。

孟郊善述悲情，其樂府自不例外。例如在〈車遙遙〉、〈征婦怨四首〉、〈閒怨〉、〈遠望曲〉、

三 本文所據汲古閣本《孟東野集》為屈萬里、劉兆祐主編《全唐詩稿本》第三十七冊影本（台北，聯經出版公司）。

四 見清．吳喬《圍爐詩話》卷三，郭紹虞主編《清詩話續編》（臺北，木鐸出版社一九八三年十二月）頁五六六。

〈古意〉、〈塘下行〉、〈妾薄命〉之中，怨婦之離情別思，成為表現之重心。如〈車遙遙〉謂：「丈夫四方志，女子安可留」，「寄淚無因波，寄恨無因輈。願為御者手，與郎迴馬頭。」詩中女子寄淚、寄恨皆不能回，願為御者，旋郎馬頭，令夫君歸來。癡人癡語，怊悵切情。再如〈征婦怨四首〉之二云：「君淚濡羅巾，妾淚滿路塵。羅巾長在手，今得隨妾身；路塵如得風，得上君車輪。」以羅巾喻良人，羅巾在手，良人猶在身邊；以路塵喻己，路塵得風，則能上君車輪，隨君轉徙。都以寫思婦之癡情，動人心脾。在〈遠愁曲〉、〈湘絃怨〉、〈寒江吟〉等詩中，或哀悼友人之溘逝、或感懷賢愚錯置之荒謬、或就寒江取鑑，為自身之不偶抒哀。最能展現孟郊淒苦之本色。

孟郊樂府，亦非全然淒苦，毫無歡愉、閒適之作。如〈小隱吟〉云：「我飲不在醉，我歡長寂然。酌溪四五盞，聽談兩三弦。鍊性靜棲白，洗情深寄玄。號怒路傍子，貪敗不貪全。」可知孟郊也有鍊性靜棲，洗情寄玄之期望。〈嬋娟篇〉云：「花嬋娟，泛春泉；竹嬋娟，籠曉煙；妓嬋娟，不長妍；月嬋娟，真可憐。夜半姮娥朝太乙，人間本自無靈匹。漢宮承寵不多時，飛燕婕妤相妒嫉。」以花、竹、人、月並稱，雖或有興寄，然辭語高華秀麗，有古樂府之遺意。明．楊慎曾令繪工據以繪製四時嬋娟圖。[五]

孟郊善用古人古事為題材，甚至也有少量仙道之作。如：〈湘妃怨〉：「南巡竟不返，二妃怨逾

[五] 見明．楊慎《升庵詩話》卷三，轉引自臺靜農主編《百種詩話類編》（臺灣，藝文印書館，一九七四年五月）頁五二五至五二六。

積。萬里喪蛾眉，瀟湘水空碧。冥冥荒山下，古廟收貞魂，喬木深青春，清光滿瑤席。搴芳徒有薦，靈意殊脈脈。玉佩不可親，徘徊煙波夕。」顯然利用《山海經》、《列女傳》、《九歌》等有關大舜南巡不返，蛾皇、女英死於江、湘間之神話故事為題材。〈楚怨〉則為孟郊在汨羅淵憑弔屈原之作。比較具有神秘色彩者為〈絃歌行〉：

驅儺擊鼓吹長笛，瘦鬼染面惟齒白。暗中崒崒拽茅鞭，果足朱褌行戚戚，相顧笑聲衝庭燎，桃弧射矢時獨叫。

考諸《論語．鄉黨》：「鄉人儺，朝服而立於阼階。」何晏注：「孔曰：『儺，驅逐疫鬼。』」《呂氏春秋．季春》：「國人儺，九門磔禳，以畢春氣。」高誘注：「命國人儺，索宮中區隅幽闇之處，擊破大呼，驅逐不祥如今之正歲逐除也。」原來孟郊所詠正是此一逐除疫鬼、祓除不祥之宗教儀式。

在〈猛將吟〉、〈邊城吟〉、〈新平歌送許問〉、〈羽林行〉、〈豪俠行〉等詩，則以邊塞、豪士為題材。如：〈猛將吟〉：「擬膾樓蘭肉，蓄怒時未揚，秋鼙無退聲，夜劍不隱光。虎隊手驅出，豹篇心卷藏，古今皆有言，猛將出北方。」描摹出剛猛英毅之猛將形象。〈羽林行〉：「朔雪寒斷指，朔風勁裂冰。胡中射鵰者，此日猶不能。翩翩羽林兒，錦臂飛蒼鷹，揮鞭快白馬，走出黃河凌。」寫錦臂白馬之羽林兒。〈遊俠行〉：「壯士性剛決，火中見石裂。殺人不迴頭，輕生如暫別。豈知眼有淚，肯白頭上髮？半生無恩仇，劍閑一百月。」寫剛決猛烈，卻半生無用武之地的俠客，孟郊在這些篇章中，展現宏闊昂揚之氣息。

在〈空城雀〉、〈織女詞〉、〈黃雀吟〉、〈有所思〉、〈勸善吟〉、〈殺氣不在邊〉等詩中，孟郊將筆鋒指向社稷民生，反映百姓疾苦；或託物為喻，諷諭世事。如〈織女詞〉云：「夫是田中郎，妾是田中女。當年嫁得君，為君秉機杼。筋力日已疲，不息下機。如何織紈素，自著藍褸衣？官家牓村路，更索栽桑樹。」乃為不堪官家需索之農民發抒不平之鳴。〈殺氣不在邊〉：「殺氣不在邊，凜然中國秋。道險不在山，平地有摧輈。河南又起兵，清濁俱鎖流。豈唯私客艱，擁滯官行舟。況余隔晨昏，去家成阻脩。忽然兩鬢雪，同是一日愁。獨寢夜難曉，起視星漢浮。涼風蕩天地，日夕聲颼飀。萬物無少色，兆人皆老憂。長策苟未立，丈夫誠可羞。靈響復何事，劍鳴思戮讐。」詠德宗建中四年時李希烈淮、汴之亂，及內心之激憤。〈有所思〉云：「桔槔烽火晝不滅，客路迢迢信難越。古鎮刀攢萬片霜，寒江浪起千堆雪。此時西去定如何？空使南心遠淒切。」則寫兵災不止，南方遊子，客路艱阻，羈旅難歸。由以上之舉例，可見孟郊樂府之題材與內涵，是十分豐富的。

貳·孟郊樂府詩之體製

清·馮班《鈍吟雜錄》歸納歷來之樂府詩，認為不外七類：

總而言之，製詩以協於樂，一也。采詩入樂，二也。古有其曲，倚其聲為詩三也。自製新曲，四也。擬古，五也。詠古題，六也。并杜陵之新題樂府，七也。古樂府無出此七者。六

詳觀孟郊之樂府亦不外上述七種。如其〈列女操〉、〈湘妃怨〉，在《樂府詩集》中被歸入古琴曲歌辭；其〈巫山曲〉、〈有所思〉被歸入鼓吹曲辭；其〈灞上輕薄行〉、〈古薄命妾〉、〈古離別〉、〈傷哉行〉、〈出門行二首〉、〈空城雀〉、〈羽林行〉、〈游俠行〉被歸入雜曲歌辭；其〈長安道〉、〈折楊柳〉被歸入橫吹曲辭；其〈古樂府雜怨三首〉被歸入相和歌辭，楚調曲；都是馮班所謂「吟詠古題」之作。〈結愛〉、〈求仙曲〉、〈和丁助教塞上吟〉是新樂府辭；〈送遠吟〉、〈歸信吟〉、〈山老吟〉、〈小隱吟〉、〈猛將吟〉、〈遠愁曲〉、〈貧女詞寄從叔先輩簡〉、〈新平歌送許問〉、〈殺氣不在邊〉、〈覆巢行〉、〈塘下行〉、〈車遙遙〉、〈嬋娟篇〉等，則屬於「自製新曲」。

就其詩篇體製言，有五言四句體，七言四句體；五言六句體，七言六句體；五言八句體，七言八句體；另有雜言與連章之體式。如：〈歸信吟〉、〈古怨〉、〈閒怨〉、〈古意〉、〈古別離〉、〈戲

六 見清·馮班《鈍吟雜錄》，轉引自臺靜農主編《百種詩話類編》（臺灣，藝文印書館，一九七四年五月）頁一五五四。

贈陸大夫十二丈〉、〈征婦怨四首〉之一之三之四皆為五言四句之體式；〈臨池曲〉為七言四句之體式；〈列女操〉、〈遊子吟〉、〈楚怨〉、〈新平歌送許問〉、〈塘下行〉、〈征婦怨四首之二〉、採五言六句短古之體式；〈絃歌行〉、〈有所思〉、〈南浦篇〉為七言六句之短古；〈長安道〉、〈古離別〉、〈古樂府雜怨三首〉、〈靜女吟〉、〈羽林行〉、〈清東曲〉、〈妾薄命〉、〈和丁助教塞上曲〉、〈古怨別〉為五言八句短古之體式；另有〈送遠吟〉、〈山老吟〉、〈小隱吟〉、〈苦寒吟〉、〈猛將吟〉、〈邊城吟〉、〈遊俠行〉、〈求仙曲〉則採用五言八句但雜以對偶之體式；至於〈巫山曲〉為七言八句短古；〈望夫石〉、〈嬋娟篇〉、〈遠望曲〉為雜言體。大致而言，篇幅都不長，似有使用短古撰作樂府詩之傾向。其自製之新曲，自有不同於前代之內涵；其吟詠古題之作，大體能顧到原始題意；然其中有純粹吟詠古意者，亦有孟郊之新增內涵。茲再分兩目說明之：

（一）吟詠古意者

如〈古薄命妾〉云：

> 不惜十指弦，為君千萬彈。常恐新聲至，坐使故聲殘。棄置今日悲，即是昨日歡，將新變故易，持故為新難。青山有蘼蕪，淚葉常不乾，空令後代人，采掇幽思攢。

按：宋．郭茂倩《樂府詩集》第六十二卷引《樂府解題》曰：「〈妾薄命〉，曹植云：『日月既逝西

藏。』蓋恨燕私之歡不久。梁簡文帝云：『名都多麗質。』傷良人不返，王嬙遠嫁，盧姬嫁遲也。」[七]

本詩以離婦之口氣，表白被棄之哀傷，與樂府古詞之原意相去不遠。

再如〈古離別〉云：

松山雲繚繞，萍路水分離。雲去有歸日，水分無合時。春芳役雙眼，春色柔四支。楊柳織別愁，千條萬條絲。

按：《樂府詩集》第七十一卷：「《楚辭》曰：『悲莫悲兮生別離。』古詩云：『行行重行行，與君生別離。相去萬餘里，各在天一涯。』後蘇武使匈奴，李陵與之詩曰：『良時不可在，離別在須臾』故後人擬為〈古別離〉。梁．簡文帝又為〈生別離〉，宋．吳邁遠有〈長別離〉，唐．李白有〈遠別離〉，亦皆類此。」[八]本詩慨言生離之愁苦，與樂府古詞常見題旨相去不遠。

再如〈古樂府雜怨三首〉云：

憶人莫至悲，至悲空自衰。寄人莫翦衣，翦衣未必歸。朝為雙蔕花，莫為四散飛。花落卻遶樹，遊子不顧期。

夭桃花清晨，遊女紅粉新。夭桃花薄莫，遊女紅粉故。樹有百年花，人無一定顏。花送人老盡，

七　見宋．郭茂倩《樂府詩集》第六十二卷（台北，里仁書局，一九八〇年十二月）頁九〇二。

八　見宋．郭茂倩《樂府詩集》第七十一卷（台北，里仁書局，一九八〇年十二月）頁一〇一七。

人悲花自閒。

貧女鏡不明，寒花日少容。暗蛩有虛織，短線無長縫。浪水不可照，狂夫不可從。浪水多散影，狂夫多異蹤。持此一生薄，空成萬恨濃。

按：本詩為相和歌辭，楚調曲。《樂府詩集》第四十三卷作「雜怨三首」。亦屬於遵循樂府古詞之作。此外例如〈湘妃怨〉描寫娥皇、女英之故事及其在湘靈祠祭拜之情景；〈傷哉行〉為友人溘逝而作，載喪之情，悽焉若泣；〈空城雀〉之勸戒鳥雀遠離官倉，飲啄空城，免遭羅網。〈羽林行〉描寫羽林兒於嚴冰封河之時，揮鞭促馬、御鷹出獵之英姿。都是嚴格遵循樂府原意，不稍增改。

（二）自創新旨者

孟郊之樂府詩並非以步趨古意為已足，在〈有所思〉、〈灞上輕薄行〉、〈長安道〉等詩，則於題旨有所改創。如〈灞上輕薄行〉云：

長安無緩步，況值天景暮。相逢灞滻間，親戚不相顧。自嘆方拙身，忽隨輕薄倫，常恐失所避，化為車轍塵，此中生白髮，疾走亦未歇。

按：雜曲歌辭。《樂府詩集》引《樂府古題》云：「〈輕薄篇〉，言乘肥馬，衣輕裘，馳逐經過為樂，與〈少年行〉同意。」[九]晉・張華、梁・何遜、陳・張正見皆有〈輕薄篇〉。但是孟郊本詩之重心卻不是描述長安少年之驅車遊戲，而是用以感嘆日暮途窮，灞滻間親戚，皆掉頭不顧，莫肯援引。

又如〈長安道〉云：

胡風激秦樹，賤子風中泣。家家朱門開，得見不可入。長安十二衢，投樹鳥亦急。高閣何人家？笙簧正喧吸。

按：《樂府解題》第二十三卷云：「漢橫吹曲，二十八解，李延年造。魏晉已來，唯傳十曲：一曰《黃鵠》，二曰〈隴頭〉，三曰〈出關〉，四曰〈入關〉，五曰〈出塞〉，六曰〈入塞〉，七曰〈折楊柳〉，八曰〈黃覃子〉，九曰〈赤之揚〉，十曰〈望行人〉。後又有〈關山月〉、〈洛陽道〉、〈長安道〉、〈梅花落〉、〈紫騮馬〉、〈驄馬〉、〈雨雪〉、〈劉生〉八曲，合十八曲。」[十]細察古樂府〈長安道〉諸詩之主題，大多在吟詠關情與離別，而孟郊卻用以描述旅居長安之窮途潦倒，窮泣路隅，則其創改處十分明顯。

復以孟郊〈有所思〉一詩為例，詩云：

桔槔烽火晝不滅，客路迢迢信難越。古鎮刀攢萬片霜，寒江浪起千堆雪。此時西去定如何？空

九　見宋・郭茂倩《樂府詩集》第六十七卷（台北，里仁書局，一九八〇年十二月）頁九六三。

十　見宋・郭茂倩《樂府詩集》第二十一卷（台北，里仁書局，一九八〇年十二月）頁三一一。

使南心遠淒切。

《樂府詩集》第十六卷《鼓吹曲辭》引《樂府解題》曰：「古詞言『有所思，乃在大海南。何用問遺君？雙珠玳瑁簪。聞君有他心，燒之當風揚其灰。從今以往，勿復相思，而與君絕也。』」[十一]《樂府詩集》又曰：「按《古今樂錄》漢太食樂食舉第七曲亦用之，不知與此同否？若齊．劉繪『別離安可再』，但言離思而已。宋．何承天〈有所思篇〉曰：『有所思，思昔人，曾、閔二子善養親。』則言生罹荼苦，哀慈親之不得見也。」[十二]此詩則以西行旅人之身份，慨言藩鎮興兵，客路迢遙之苦，其主題顯然與樂府古詞之原意不同。

他如〈遊俠行〉不完全以遊俠報仇解怨為內容，詩中卻以遊俠生性剛決，卻徒有義膽，無用武之地為歎。〈折楊柳二首〉亦非以行客之觀點，折楊柳為歌，描述兵革之苦；而係以思婦之角度，悼離別之促、來歸之遲、苦怨之甚。由此可知，孟郊雖然銳意復古，仍不失其創新之精神。

參．孟郊樂府詩之創作技巧

從篇章構成之角度而言，孟郊之樂府，措意之新、設喻之巧、寄興之深，最能撼動心靈，一新耳目。試看〈古怨〉：「試妾與君淚，兩處滴池水；看取芙蓉花，今年為誰死？」是一首五言四句之短

十一 見宋．郭茂倩《樂府詩集》第十六卷（台北，里仁書局，一九八〇年十二月）頁二三〇。

十二 同上。

古。詩中女子，要求夫君與自己將相思之淚，在兩地分別滴入池水，看誰的芙蓉花先枯死。似不近理，卻符人情。設想之奇，鍊意之妙，為此詩最為突出之處。

再如〈閒怨〉詩云：「妾恨比斑竹，下盤煩冤根。有筍未出土，中已含淚痕。」所謂「斑竹」即湘妃竹。據晉・張華《博物志》：「舜死，二妃淚下，染竹即斑，妃死湘水神，故曰湘妃竹。」韓愈〈送惠師〉一詩也有：「斑竹啼舜婦，清湘沉楚臣。」之句。所謂煩冤根，即愁煩冤苦之根也。全詩以筍為喻，謂怨情如斑竹筍，早已隱含淚痕。設喻之精巧，令人耳目一新。又如〈貧女詞寄從叔先輩簡〉云：

蠶女非不勤，今年獨無春。二月冰雪深，死盡萬木身。時令自逆行，造化豈不仁？仰企碧霞仙，高控滄海雲。永別勞苦場，飄颻游無垠。

孟簡，字幾道，平昌安邱人。歷官浙東觀察使，御史中丞，戶部侍郎，山南東道節度使。《新唐書》卷一百六十有傳。韓愈〈貞曜先生墓志銘〉謂：「初先生所與俱學同姓簡，於世次為叔父。」詩中之「貧女」，實為孟郊自喻。「無春」者，不遇時也。「碧霞仙」，喻孟簡。全詩之意旨不在表白超塵之想，而是冀望獲得孟簡之援引，以解脫貧困。再如〈戲贈陸大夫十二丈三首〉云：

蓮子不可得，荷花生水中。猶勝道旁柳，無事蕩春風。（其一）
淥萍與荷葉，同此一水中。風吹荷葉在，淥萍西復東。（其二）

蓮葉未開時，苦心終日卷。春水徒蕩漾，荷花未開展。（其三）

全詩三首以蓮子、荷花喻長源，以道柳、浼萍自喻，抒發一己飄蕩無依之感，蓋寄望陸長源之援引也。

再如〈黃雀吟〉云：

黃雀舞承塵，倚恃主人仁。主人忽不仁，買彈彈爾身。何不遠飛去，蓬蒿正繁新。蒿粒無人爭，食之足為珍。莫覷翻車粟，覷翻罪有因。黃雀不知言，贈之徒慇懃。

細察詩意，孟郊旨在諭人適性知足，切莫捨身趨利者。而其趣味，全在設喻之巧。

又如〈古別離〉：「欲別牽郎衣，郎今到何處？不恨歸來遲，莫向臨邛去。」則採吳聲歌曲之形式傳述閨怨。末句為全詩最妙之處。按：臨邛為縣名，在今四川省邛崍縣。據《漢書．司馬相如傳》：「文君謂長卿曰：第俱如臨邛，從兄弟假貸，猶足以為生，何至自苦如此？相如與俱之臨邛。」則詩中女子，蓋憂心情郎隨其他女性另築香巢也。

又如〈古意〉云：「河邊織女星，河畔牽牛郎。未得渡清淺，相對遙相望。」全詩四句暗用《古詩十九首．迢迢牽牛星》之句意。詩之正意，全在言外。再如〈臨池曲〉云：「池中春蒲葉如帶，紫菱成角蓮子大。羅裙蟬鬢寄迎風，雙雙伯勞飛向東。」全詩以羅裙、蟬鬢喻指採掇蒲葉、菱角、蓮子之女子。而以伯勞雙飛，暗示青春流逝之心境。在以上詩例之中，孟郊或純用白描，或巧用比興，或以吞吐、暗示之手法，精心結撰，獲致高古真醇之藝術效果。

再從構句鍊字之角度而言，孟郊之樂府更重視字句之冶鍊。孟郊善於吸取民歌寫作手法，試看以下二例：「夭桃花清晨，遊女紅粉新；夭桃花薄暮，遊女紅粉故。」（〈古樂府雜怨〉三首之二）「我願分眾泉，清濁各異渠；我願分眾巢，梟鸞相遠居。」（〈湘絃怨〉）顯然使用民歌複沓手法，再如：「楊柳識別愁，千條萬條絲。」（〈古離別〉）更使用了民歌諧音之手法，以「絲」字諧「思」字。再看以下四例：

> 此地有時盡，此哀無處容。聲翻太白雲，淚洗藍田峰。（〈遠愁曲〉）
>
> 漁陽千里道，近如中門限；中門踰有時，漁陽長在眼。（〈征婦怨〉四首之三）
>
> 朔雪寒斷指，朔風勁裂冰。（〈羽林行〉）
>
> 一叫鳳改聽，再驚鶴失群；江花匪秋落，山日當晝曛。（〈楚竹吟酬盧虔端公見和湘絃怨〉）

第一個句例謂：哭聲可翻騰太白之雲，淚水可沖洗藍田之峰，其哀甚矣。第二個句例謂：漁陽雖在千里之外，然因征婦之悵望，故近如門限。第三個句例謂：朔風之寒可以斷指，朔風之勁可以裂冰。第四個句例謂：〈湘絃怨〉之聲，可以使鳳鳥改聽，鶴鳥失群；江花非秋而落，山日當晝昏暗。這些句例之文學趣味，全在夸飾。此外，孟郊善用尋常之字句，表達新警之感受，如：「胡風激秦樹，賤子風中泣。」（〈長安道〉）「激」字即頗能警動心目。「天色寒青蒼，北風叫枯桑；厚冰無裂文，短日有冷光。」（〈苦寒吟〉）則以「天蒼」、「風號」、「厚冰」、「短日」為苦寒增色。「叫」字尤為險峭。「不是城頭樹，那棲來去鴉。」（〈塘下行〉）「那」猶「奈」也。「來去鴉」，喻其夫君之來去不定。再如：「淚墨灑為書，將寄萬里親；書去魂亦去，兀然空一身。」（〈歸信吟〉）淚、墨、灑，寫出作書之狀貌，實在簡淨之至。又如：「酌溪四五盞，聽彈兩三弦。」（〈小隱吟〉）不避數目字，而飲酌聽彈之狀，如在目前。又如：「離盃有淚飲，別柳無枝春。」（〈送遠吟〉）用字簡，內涵多，和淚而飲之餞別，送行頻繁而無枝可折春柳，皆涵蓋其中。其用字之精簡，令人嘆為觀止。再如：

> 樹有百年花，人無一定顏；花送人老盡，人悲花自閒。（〈古樂府雜怨〉）
>
> 陽和發生均孕育，鳥獸有情知不足。枝危巢小風雨多，未容長成已先覆。（〈覆巢行〉）

其語意之新警，發人深省。再如：

> 西城見日天，俗稟氣候偏。行子獨自渴，主人猶賣泉。燒峰碧雲外，牧馬青坡巔。何處鶻突夢，歸思寄仰眠。（〈邊城吟〉）
>
> 寒江波浪凍，千里無平冰。飛鳥絕高羽，行人皆晏興。荻洲素浩渺，碕岸澌矽磳。（〈寒江吟〉）

其寫景之新奇，均非仰賴險僻、艱難之字句，而是仰賴獨到之練字手法而成。清·沈德潛《說詩晬語》卷下嘗云：

古人不廢鍊字法，然以意勝而不以字勝，故能平字見奇，常字見險，陳字見新，樸字見色。近人挾以鬥勝者，難字而已。[十三]

在孟郊其他作品中，固不乏以難字鬥勝，而其樂府詩卻能以平常字句，達到古勁拗折，顯示孟郊之用字功力不同凡響。

肆．孟郊樂府詩之藝術成就

孟郊一生致力於詩歌創作，〈夜感自遣〉云：「夜學曉不休，苦吟鬼神愁。如何不自閑，心與身為讎。」十足反映其創作態度之嚴肅認真，也因此得到「苦吟詩人」之雅號。其〈贈鄭夫子魴〉云：「天地入胸臆，吁嗟生風雷。文章得其微，物象由我裁。」可見其裁制萬象，得其精微，撰作成詩之襟懷。在現存五百餘首詩中，孟郊大致呈現三種風格趨向：一是僻搜巧鍊、戛戛獨造，以「奇險冷僻」為主調之風格趨向；一是語句盤硬、綴縛事實，以「雄奇矯健」為主調之風格趨向；一是用意深微、格調高渾，以「古雅平淡」為主調之風格趨向。

奇險是孟郊詩之本色，前賢論之已多。韓愈在〈貞曜先生墓誌銘〉所謂：「劌目鉥心，刃迎縷解，鉤章棘句，掐擢胃腎，神施鬼設，間見層出。」正是對孟郊奇險作品所作的描述，李肇《唐國史補》

[十三] 見清．沈德潛《說詩晬語》載蘇文擢《說詩晬語詮評》卷下（臺彎，文史哲出版社，一九八五年十月）頁四四二。

卷下提及：「元和以後……詩章則學矯激于孟郊。」[十四]亦是此一方面之作品。至於〈送鄭夫子魴〉、〈送草書獻上人歸盧山〉、〈遠遊聯句〉及前述〈猛將吟〉、〈邊城吟〉、〈新平歌送許問〉、〈羽林行〉、〈豪俠行〉等樂府詩，則展現出雄奇矯健之特色。誠如尤信雄教授所云：

蓋東野詩非不能豪，以其境遇悲苦，故不免哀感苦吟，至其興會所至，慷慨高歌，未嘗不能豪也。[十五]

從尤教授所舉十數句例觀之，固不難證明孟詩雄奇矯健之詩筆。

孟郊一生崇古師古，力遵古制。自稱：「忍古不失古」（〈秋懷十五首〉之十四）因此在文學創作上，特別推崇與其同道之人。例如在悼念盧殷時，稱許盧詩：「吟哦無滓韻，言語多古腸。」（〈弔盧殷十首〉之七）讀張碧詩集，推許張碧：「下筆證興亡，陳詞備風骨。」（〈讀張碧集〉）稱頌賈島和淡公為「五言雙寶刀，聯響高飛鴻。」（〈送淡公十二首〉之二）在創作上亦與時風相左，拋棄在當時已成風氣的近體詩，專意於樂府與五古。

唐·李觀對孟郊之五言古詩十分讚許，謂郊之詩：「五言高處，在古無二，其有平處，下顧二謝。」（〈上梁肅補闕薦孟郊崔宏禮書〉）李翺也稱道：「郊為五言詩，自前漢李都尉、蘇屬國及建安諸子、

十四　見唐李肇《國史補》卷下。
十五　參見尤信雄《孟郊研究》（臺北，文津出版社一九八五年十月）頁一九四。

南朝二謝、郊能兼其體而有之。」（〈薦所知於徐州張僕射書〉）而當時與韓愈並稱「孟詩韓筆」者，正是五言古詩，可見孟郊五言古詩在唐代貞元、元和之際，早已享有盛名。

至於孟郊之樂府詩，筆者以為最能展現孟郊平淡古雅之特色。古樂府多俚俗之言，孟郊〈古樂府雜怨三首〉、〈塘下行〉，即屬於不避俚俗，而大巧若拙之作；古樂府貴遒勁，孟郊亦有〈猛將吟〉之類遒勁挺拔之作；樂府詩因事立題，借發己意，而孟郊也有〈楚怨〉之類託興深微之作。樂府寧朴無巧，寧拙無鍊，而孟郊〈征婦怨四首〉、〈歸信吟〉、〈古怨〉、〈古意〉等，也是質樸無華，古意盎然。因此，宋．黃徹《碧溪詩話》謂：「孟郊詩最淡且古。」[十六]宋．曾季貍《艇齋詩話》謂：「要之，孟郊張籍，一等詩也。唐人詩有古樂府氣象者，惟此二人。」[十七]實在極有見地。清．洪亮吉在《北江詩話》卷六中甚至認為：

孟東野詩篇篇皆似古樂府，不僅〈游子吟〉、〈送韓愈從軍〉諸篇已也。即如：『良人昨日去，明月又不圓。』（〈征婦怨〉）魏晉以後即無此等言語。[十八]

足見孟郊之樂府詩，在詩歌藝術上也取得不可忽視之成就。

[十六] 見宋．黃徹《碧溪詩話》卷四，轉引自丁福保輯《歷代詩話續編》（臺北，木鐸出版社，一九八八年七月）頁三六五。
[十七] 見宋．曾季貍《艇齋詩話》載丁福保輯《歷代詩話續編》，（臺北木鐸出版社，七十七年七月）頁三二四。
[十八] 見清．洪亮吉《北江詩話》卷六（人民文學出版社，一九八八年版）

伍·結語

總結而言，孟郊以雄鶩之才，發而為詩，在中唐詩壇，自成一家。歷代之評騭，雖然愛憎參半，然其苦心孤詣，誠有不容否定者。所作樂府詩，論題材，則取材廣泛，不限於自身之寒苦；論體製，則既有復古，亦能創新；論作法，則善為形容，詩法高妙，誠未易及。本文僅以樂府為例，試論孟郊之詩藝，或有管中窺豹、不夠週全之處，然而一如韓愈，孟郊詩亦不乏文從字順、精思結撰之作品，並不專以奇險見長。本文刻意突顯孟詩古雅平淡一面，或能拋磚引玉，提醒論者自更為週全之角度認識孟詩，從而更能正確評估孟詩之價值。

本文曾於：一九九四年四月十二日在國立中正大學中國文學系主辦之「六朝隋唐文學研討會」上宣讀。

六、孟郊寒苦詩析論

壹・前言

孟郊以五言古詩聞名於元和詩壇，一生貧寒窮窘，困頓不堪。韓愈在〈薦士〉詩稱之為「窮者」[一]，劉叉在〈答孟東野〉稱之為：「酸寒孟夫子」，歐陽修在《六一詩話》說他：「尤喜自為窮苦之句。」[二]自從蘇東坡提出「郊寒島瘦」[三]的意見以來，「寒苦」已是世人對孟詩的普遍印象，「寒苦」既是孟郊生活的寫照，更是具有代表性的題材類型。

雖然從宋代起就有人排斥孟郊，覺得他的詩讀來令人不懽；甚至於對他那種「刻苦之至，歸於慘慄」[四]的作風不能理解。可是也有人欣賞孟郊奇傑的筆力、孤峻的意象、高簡的風格，對他不蹈襲前人的作風，再三致意，給與肯定。其實孟郊刻意苦吟，自鳴不幸，有一定的背景與心理因素。哀情苦語，正是孟郊所長；寒苦之作，未必沒有文學與美學的意義。本文試圖從各個角度索解吟詠寒苦的用

一 韓愈〈薦士〉詩：「有窮者孟郊，受材實雄驁。冥觀洞古今，象外逐幽好。橫空盤硬語，妥帖力排奡。敷榮肆紆餘，奮猛卷海潦。榮華肖天秀，捷疾逾響報。行身踐規矩，甘辱恥媚竈。」

二 歐陽修《六一詩話》：「孟郊賈島皆以詩窮至死，而平生尤喜自為窮苦之句。孟有〈移居詩〉云：『借車載家具，家具少於車。』乃是都無一物耳。又謝人惠炭云：『暖得曲身成直身。』人謂非其身備嘗之不能道此句也。」

三 蘇軾〈祭柳子玉文〉云：「元輕、白俗、郊寒、島瘦。」

四 例如清人翁方綱在《石洲詩話》卷三就曾說：「孟東野詩寒削太甚，令人不歡，刻苦之至，歸於慘慄，不知何苦而如此。」

意，彰顯寒苦詩的創意與特殊風貌。本集之中，凡是吟詠貧窮、飢寒、病苦、憂傷、困頓者，都納入討論之列，以此就教於學界方家，敬請不吝指教。

貳．孟郊創作寒苦詩的動機

一．現實生活的磨難

孟郊早年隱居嵩山，讀書於洛中。貞元七年，孟郊四十一歲，到本籍地湖州取鄉貢進士，然後前往長安赴進士試。中年求官，已經太晚；不幸事與願違，名落孫山。貞元九年，應進士試，再度落第；貞元十二年，三度應舉，始得及第，已是四十六歲的中年人。而孟郊進士及第，卻未能如願授官，在這數年之間，遊食各地，居無定所，生活十分貧困。

隨後孟郊往來於長安、和州、汴州，陸長源曾經給與生活照顧。貞元十五年汴州發生兵變，陸長源被叛軍殺害，使孟郊頓失依託，於是離汴州前往吳、越各地遊歷。其身世之感，一一發諸詩詠。貞元十六年，孟郊在洛陽應朝廷之銓選，終於獲選為溧陽尉。初入官場，行年已五十歲高齡。可是孟郊在溧陽的政績不佳，據《新唐書》本傳載：孟郊常在投金瀨平陵城「徘徊賦詩，曹務多廢，令白府以假尉代之，分其半俸。」貞元二十年，孟郊不得不辭去官職，奉母歸返湖州故鄉。

直到元和元年，孟郊再度客居長安，河南尹鄭餘慶辟為水陸轉運從事，試協律郎。孟郊復入仕途，已經五十六歲。自此卜居洛陽立德坊。元和九年，鄭餘慶出任山南西道節度觀察使，辟孟郊為節度參謀試大理評事，孟郊自洛陽赴任，暴卒於河南閿鄉，享年六十四歲。由以上的簡述，可見孟郊一生沉淪下僚，仕途蹭蹬，。其貧病潦倒的生活，自然成為吟詠的題材。

此外，晚年喪子對孟郊的重大打擊，也是使孟郊自鳴寒苦的原因。憲宗元和三年，正當孟郊生活逐漸步入安定之際，幼子不幸夭折，從此造成老而無後的遺憾。據韓愈〈孟東野失子〉詩序說：「東野連產三子，不數日輒失之。」[五]可知孟郊先後三子，皆幼年夭折。由其〈悼幼子〉：「負我十年恩，欠爾千行淚。」〈老恨〉：「無子抄文字，老吟多飄零。有時吐向　，枕席不解聽。」〈濟源寒食〉：「風巢嫋嫋春鴟鴟，無子老人仰面嗟。」等詩句來看，可見孟郊心境十分慘黯。然而，不幸的事總是接踵而來，元和四年，又丁母憂。到元和五年時，六十歲的孟郊，已成為「哀哀孤老人，戚戚無子家」。惸獨愁慘，自然盡入詩詠。

除了仕途的坎坷、無後的悲哀，不諧世俗的性格，更添世路之崎嶇，使孟郊難免遭受挫折。韓愈在〈孟生詩〉中形容他：「古貌又古心」，游於公卿之門，不改傲骨，應對多有參差。張籍在〈贈別孟郊〉中說他「立身如禮經」，可見他是一位鏗鏗自守的人。孟郊在〈勸善吟〉中自述：「顧余昧時調，居止多疏慵。見書眼始開，聞樂耳不聰。視聽互相隔，一身且莫同。天疾難自醫，詩癖將何攻？」

五　見錢仲聯《韓昌黎詩繫年集釋》卷六（台北．學海出版社，一九八五年一月。）頁六七五。

（本集卷二）證諸孟郊在時務上的枘鑿不通，溧陽尉任內的不治吏事，益知《舊唐書》本傳所稱：「性孤僻寡合」絕非虛言。孟郊將現實生活中種種抑塞偃蹇、嫌隙玷缺，直率抒寫，肯定都是寒苦之音。

二・自我實現的驅勵

孟郊早年非無奮世之志，歷盡宦途的坎坷與現實生活的磨難，懷著一種精神的痛苦與沉重的壓力。詩歌創作不僅是自我實現的理想，也是自我舒解的憑藉。他說：「初識漆鬢髮，爭為新文章。」（〈弔盧殷〉）又說：「君子業高文，懷抱多正思。」（〈答友人〉）足見他年輕便對詩歌創作懷有極大抱負。然而，回顧前代詩人，他有感於曹植、劉楨這樣優秀的詩人，都不免早死，誰能自負年華，浪擲生命呢？他深深感受到：「詩人命屬花」，能不及時操觚，一騁長才嗎？另一方面，他又深刻感到：「倚詩為活計，從古多無肥。」（〈送淡公十二首〉），「賢哲不苟合，出處亦待時。而我獨迷見，意求異士知。」（〈答姚怤見寄〉），可知孟郊從事創作的心情是相當複雜的。

現實生活的窮窘，使得孟郊期望在文學的世界中自由自在，驅遣文辭。孟郊〈送鄭夫子魴〉說：「天地入胸臆，吁嗟生風雷。文章得其微，物象由我裁。」正是這種理想。所謂「天地入胸臆，吁嗟生風雷」，不正是希冀以詩歌包攬天地間一切事物，吁嗟之間，如風雷之動人心目？所謂「文章得其微，物象由我裁」，不正是任心放意的驅遣物象、裁制自然嗎？而「苦吟」正是實現此一理想的創作態度與手段。後世甚至公推孟郊為「苦吟詩人」的典型[六]。「苦吟」一詞，自初唐起，即有詩人使用[七]。試看下列詩句：

擾擾將何息？青青長苦吟。（陳子昂〈南山家園林木交映盛夏五月幽然清涼獨坐思遠率成時韻〉）

苦吟莫向朱門裏，滿耳笙歌不聽君。（郭震〈蛩〉）

斷壁分垂影，流泉入苦吟。（皎然〈賦得啼猨送客〉）

清宵靜相對，髮白聆苦吟。（韓愈〈孟生詩〉）

陳子昂的「苦吟」指的是：向家園林木，傾吐詩詠。郭震的「苦吟」，指的是寒蛩的鳴叫。皎然的「苦吟」則指猨啼。韓愈的「苦吟」指的是哀苦之音。再看孟郊〈夜感自遣〉：

夜學曉不休，苦吟鬼神愁。如何不自閑？心與身為讎。死辱片時痛，生辱長年羞。清桂無直枝，碧江思舊遊。（〈本集卷三〉）

此詩的前半四句，貼切說明孟郊為了追求詩歌成就，不眠不休，那種身心交戰的程度，這裏的「苦吟」，

六　如劉斯翰在《孟郊賈島詩選．導言》嘗謂：「這奇觀中的一景，是苦吟詩人的崛起。……其中，孟郊賈島，以傑出的才華，作了這班怪人得代表。」詳劉斯翰在《孟郊賈島詩選》（台北，仁愛書局，一九八八年四月版）頁三。

七　日人坂野學曾有專文討論「苦吟」一詞，詳氏所著《「苦吟」について》，日本東北大學文學部《東洋學》五十四輯，（一九八五年）頁一至十七。

意謂作詩的苦心。再對照孟郊〈送別崔寅亮下第〉所說：「天地唯一氣，用之自偏頗。憂人成苦吟，達士為高歌。」這裏的「高歌」，代表歡愉之歌，則顯然孟郊的「苦吟」一語，兼有「耽溺詩詠」、「悲苦之吟」以及「詩作苦心」種種涵義[八]。韓愈在〈送孟東野序〉說：

大凡物不得其平則鳴：草木之無聲，風撓之鳴；水之無聲，風蕩之鳴，其躍也或激之，其趨也或梗之，其沸也或炙之；金石之無聲，或擊之鳴。人之於言也亦然：有不得已而後言，其歌也有思，其哭也有懷，凡出乎口而為聲者，其皆有弗平者乎！[九]

其〈荊潭唱和詩序〉也說：

夫和平之音淡薄，而愁思之要聲要眇。歡愉之情難工，而窮苦之言易好也。是故文章之作，恆發於羈旅草野；至若王公貴人，氣得意滿，非性能而好之，則不暇以為。[十]

如果從理論的角度來看，孟郊的「苦吟」其實與韓愈「不平則鳴」以及「窮苦之言易好」的理念相通，是一種在艱困中發憤著述，力求自我實現的方法。

八　參原田知明《孟郊の詩作態度についての一考察—仕官のための贈答詩を中心として》《漢文學會會報》第三十輯（一九八四年十二月）頁六十九至八十三。

九　見馬其昶《韓昌黎文集校注》卷四，（台北，漢京文化事業公司，民國七十二年十一月）頁一三六。

十　見馬其昶《韓昌黎文集校注》卷四，（台北，漢京文化事業公司，一九八三年十一月）頁一五三。

三・心理自衛的機轉

從心理的層面來看，孟郊寒苦詩所折射出來的心理狀態，常有逆向心理的傾向甚或一定程度的精神官能症候。[十二]茲分喪失自我、否定翻案、解離作用、理想化、反向行為等目，各徵詩例驗證之。

1喪失自我：在迭遭憂患之下，孟郊道出心中的感興說：「拔心草不死，去根柳亦榮。獨有失意人，恍然無力行。」（〈感興〉）漂泊異鄉，久病不癒，孟郊亦道出心中的消沉說：「丈夫久漂泊，神氣自然沉。況於滯疾中，何人免噓欷？」（〈病客吟〉）在長安應試落第，孟郊說：「盡說青雲路，有足皆可至；我馬亦四蹄，出門似無地。」（〈長安旅情〉）在罷縣尉後，在家鄉等待替人時，他說：「出亦何所求，入亦何所索。飲食迷精麤，衣裳失寬窄。」（〈乙酉歲舍弟扶侍歸興義莊居後獨止舍待替人〉）句中出現「恍然」、「噓欷」、「似無地」、「迷精麤」、「失寬窄」都是喪失自我的精神狀況。

2否定翻案：有時，孟郊用翻案或否定一切方式來消解不安和焦慮，例如：「松乃不臣木，青青何獨為？」（〈罪松〉）、「萬物皆得時，獨余不覺春。」（〈長安羈旅行〉）、「今交非古交，貧語聞皆輕。」（〈秋夕貧居述懷〉）、「古人形似獸，皆有大聖德。今人表似人，獸心安可測？」（〈擇友〉）、「近世交道衰，青松落顏色。人心忌孤直，木性隨改易。」（〈衰松〉）、「離婁豈不明？

十二 參王溢嘉編譯《精神分析與文學》第二章（台北，野鵝出版社　民國六十九年九月）頁五三至五五。

子野豈不聰？至寶非眼別，至音非耳通。」（〈失意歸吳因寄東臺劉復侍御〉）、「人間少平地，森聳山嶽多；折輈不在道，覆舟不在河。」（〈君子勿鬱鬱士有謗毀者作詩以贈之二首〉。甚至不知人生意義何在？詩歌創作有何價值：「不知文字利，到死空遨遊。」（〈冬日〉）這些詩例，都不能單以憤激來批評，實有精神的症候存在。

3解離傾向：連串的挫折使人喪失信心，萌生退避解離的心理。孟郊在〈長安羈旅行〉說：「失名誰肯訪？得意爭相親。直木有恬翼，靜流無躁鱗。始知喧競場，莫處君子身。」進士考試落第，亟需安慰，但是除非至親好友，誰會來訪？因而興起退隱山林的念頭。所謂「始知喧競場，莫處君子身。」正是一種解離的心態。再如〈北郭貧居〉說：「進乏廣莫力，退為蒙瀧居。三年失意歸，四向相識疏。地僻草木壯，荒條扶我廬。夜貧燈燭絕，明月照我書。欲識貞靜操，秋蟬飲清虛。」詩中說他離家三年，失意而歸，地僻荒涼，燈燭皆無，仍以月光照書，堅守貞靜的節操，願似秋蟬之獨飲清虛。此詩也明顯表現出解離名利，自我退避的心態。

4理想化：失意的人，經常過分高估其他情境的優點，作為企嚮的目標。例如孟郊在〈游終南山〉以盤空硬語敘述自己遊賞終南山的經過，並說：「山中人自正，路險心亦平。」認定山中之人，雖居路險之地，卻心地平正。此固有暗諷長安十里紅塵，人心險惡之意，顯然對於終南山上的人過分的理想化。再如〈暮秋感思二首〉之二說：「優哉遵渚鴻，自得養身旨。不啄太倉粟，不飲方塘水。振羽戛浮雲，罝羅任徒爾。」他讚歎鴻鳥自得養生之旨：不食官倉之粟、不飲池塘之水，振翅高飛，雖有罝羅，莫能如何。顯然對於鴻鳥過分理想化。

5反向行為：有時孟郊所採行的態度或認同的觀念，和他日常的信念相反。如：〈春日有感〉說：「雨滴草芽出，一日長一日；風吹柳線垂，一枝連一枝。獨有愁人顏，經春如等閒。且持酒滿杯，狂歌狂笑來。」春草之萌芽，春柳之垂條，明媚的春光，居然感受「如等閒」；一個「立身如禮經」的人，手把酒杯，狂歌狂笑，自非尋常，已是一種反向的行為。再如孟郊〈寒地百姓吟〉說：「高堂槌鐘飲，到曉聞烹炮。寒者願為蛾，燒死彼華膏。」富者於寒夜槌鐘作樂，烹炮燕享，寒者卻只能竟夜號寒，為求一絲溫暖，就算化為飛蛾，撲火而死，寒者也心甘情願。

以上所述，未必是嚴重的心理病症，但是從心理分析的角度來看，多少帶有心理自衛的作用。因為這樣做，可以避免與現實世界直接對決，從而減輕貧寒窮窘的生活壓力所帶來的焦慮或創傷。當我們從這一個角度來考察，也就比較能夠理解孟郊不斷反覆貧寒窮窘、愁憂傷病的內在動機了。

參．孟郊寒苦詩的內涵特色

一．反覆吟詠自身的貧寒與病苦

早在德宗貞元八年，孟郊在長安應進士試，不幸下第，便曾作〈長安羇旅行〉一詩，吟詠羈旅長安之貧困。詩云：

十日一理髮，每梳飛旅塵。三旬九過飲，每食唯舊貧。萬物皆及時，獨余不覺春。失名誰肯訪，得意爭相親。直木有恬翼，靜流無躁鱗。始知喧競場，莫處君子身。野策藤竹輕，山蔬薇蕨新。潛歌歸去來，事外風景真。（《本集卷一》）

這一首詩雖使用樂府的題目，實為唐人的新樂府。起首寫客中奔走，髮沾旅塵。飲食失常，所食亦唯粗劣食物。接寫春日，萬物欣欣向榮，因落第之憾，故有「萬物皆及時，獨余不覺春」的感觸。失名之後，難有朋友相訪，心中十分鬱悶。故說：「失名誰肯訪？得意爭相親。」他從喬木上悠閒的春鳥、靜流中安祥的游魚，領悟到自己不宜羈留長安，故說：「始知喧競場，莫處君子身。」。退守山林也就成為他最佳選擇。時當春日，故說：「野策藤竹輕，山蔬薇蕨新。」而陶潛的歸隱田園，給自己極大的啟示，因有「潛歌歸去來，事外風景真。」的嚮往。韓愈為了安慰孟郊，曾作〈長安交游者一首贈孟郊〉相贈。

〈秋夕貧居述懷〉是孟郊另一首吟詠客居貧困的作品：

臥冷無遠夢，聽秋酸別情。高枝低枝風，千葉萬葉聲。淺井不供飲，瘦田長廢耕。今交非古交，貧語聞皆輕。（《本集卷三》）

起首二句說：臥冷不能入夢，夢中還鄉亦不可得；遙念別情，故聞秋聲而益感悽酸。這是就客居所生的感觸。三四句承前聽秋，正寫秋聲之浩蕩。用字甚簡而構句卻頗具巧思，使秋聲的聲勢顯得浩大卻能形神兼顧。「淺井」二句實為喻語，謂已有如淺井、廢田。結尾二句寫今交勢利，古交道義，將世態的炎涼，傳寫的真實而奇警。一般寫貧窮的詩，易陷於鄙俗，孟郊卻能寫得樸質之中見舒朗，喟歎之中不屈抑自己的人格。這是孟郊才思獨到的地方。

貧與病常常相連，羈旅他鄉如罹患疾病，最是痛苦。〈路病〉一詩，正是寫這一類的痛苦：

> 病客無主人，艱哉求臥難！飛光赤道路，內火焦肺肝；欲飲井泉竭，欲醫囊用單。稚顏能幾日？壯志忽已殘。人子不言苦，歸書但云安。愁環在我腸，宛轉終無端。（《本集卷二》）

起首二句總提旅途中罹病，無人可以依託的困窘。「飛光」二句，寫外有炎赤的日光映射道路，內有高熱焦爍肺肝，病況實在沉重。以下「井泉竭」，是喻語，用以襯託窘境；「囊用單」，說明自己盤纏不足。「稚顏」二句寫自己不再年輕，而雄心壯志也忽忽損缺。「人子」二句，寫自己在外地罹病，而家書卻仍得報平安。最後兩句，將愁苦比為腸中的愁環，往復無端，可謂寫盡路病的窘困。

類似的主題，在〈病客吟〉一詩也有所抒發。孟郊在詩中將自己比擬為病客，他說：「主人夜呻吟，皆入妻子心；遠客晝呻吟，徒為蟲鳥音。」病客無人聞問，因此所作的詩，不異蟲鳥的呻吟。在這樣一種情境下，心情自然是消沉的，因此他說：「丈夫久漂泊，神氣自然沉。況於滯疾中，何人免噓歔。」大海有涯，高山有岑，而「沉憂獨無極，塵淚來盈襟。」對於這種貧病的狀態，孟郊其實是很不安的。在〈臥病〉一詩中說：

貧病誠可羞，故牀無新裘。春色燒肌膚，時餐苦咽喉。倦寢意蒙昧，強言聲幽柔。承顏自俛仰，有淚不敢流。默默寸心中，朝愁續莫愁。（《本集卷二》）

他認為貧病實十分羞恥的，破舊的床上也見不到新裘；春意駘蕩，而貧病之身，只感到痛苦，故謂之「燒肌膚」；病中三餐，仍然粗糲，難以下嚥，故謂之「苦咽喉」。因病倦寢，因此思慮不明；勉強言語，也是有氣無力。打起精神，承顏俯仰，也不敢輕易流淚。內心的情況如何呢？他說：「默默寸心中，朝愁續莫愁。」內心的愁慘可想而知。

貧病的心境下，所作的贈別詩，有時也不免把愁慘的感情毫不保留地傾吐出來。例如〈贈崔純亮〉：「食薺腸亦苦，強歌聲無歡。出門即有礙，誰謂天地寬？」便是一個突出的例證。「薺」本是一種味甜的野菜，但因自己內心愁苦，所以雖然食薺亦覺味苦。同樣，天地雖大，自己卻到處碰壁，所以有「天地不寬」的質疑。再如〈答韓愈李觀別因獻張徐州〉：「富別愁在顏，貧別愁銷骨。懶磨舊銅鏡，畏見新白髮。古樹春無花，子規啼有血。離絃不堪聽，一聽四五絕。」古來只說離別令人黯然銷魂，孟郊身為貧者，無以為託，竟憂愁到「銷骨」的程度。而懶磨銅鏡，是怕看到自己的白髮；這些新的白髮，都因別愁而生。至於「古樹無花」、「子規啼血」是比喻其離別之感。「離絃不堪聽，一聽四五絕。」更以形象譬喻描述自己面對離別，愁腸寸斷的感受。由於是貧者之別，孟郊的詩情多了一般別詩所少有的愁慘成分，讀來令人動容。

二・擴及社稷民生的寒苦

除了自鳴貧寒病苦之外，孟郊基於儒家人溺己溺，人飢己飢的精神，也將筆鋒指向社稷民生的寒苦，如〈和丁助教塞上吟〉及〈寒地百姓吟〉便是鮮明的例證。〈和丁助教塞上吟〉，是孟郊展讀丁助教來詩，哀憫蒼生的寒苦，所作的和詩：

哭雪復吟雪，廣文丁夫子。江南萬里寒，曾未及如此。整頓氣候誰？言從生靈始。無令惻隱者，哀哀不能已。（《本集卷二》）

詩題塞上吟，指〈塞上〉、〈塞上曲〉、〈塞上行〉之類新樂府辭。「哭雪」，哀歎酷寒。「吟雪」，指丁助教吟贈的〈塞上曲〉。所謂廣文，是唐玄宗天寶九年，在國子監增設廣文館，有博士、助教等職，領國子學生中修進士業者。杜甫〈醉時歌贈廣文館學士鄭虔〉詩：「諸公袞袞登臺省，廣文先生官獨冷。甲第紛紛厭粱肉，廣文先生飯不足。」丁助教是孟郊友人，本詩起首二句讚歎江南大寒，猶不及丁夫子塞上吟的寒苦。「整頓」二句問誰能整飭乾坤？假使有濟時之意，當自該洽生靈始。末尾二句謂勿使悲憫蒼生的人，哀矜不已，言下不勝慨歎。

〈寒地百姓吟〉是另一首哀矜民生寒苦的名作。前有自注：「為鄭相。其年居河南，畿內百姓，大蒙矜卹。」這一首詩，據韓愈〈貞曜先生墓誌銘〉云：「去尉二年，而故相鄭公尹河南，奏為水陸運從事，試協律郎。」寫作年代應在元和元年，任職於鄭餘慶幕府期間所作。全詩如次：

無火炙地眠，半夜皆立號。冷箭何處來，棘針風騷勞。霜吹破四壁，苦痛不可逃。高堂搥鐘飲，到曉聞烹炮。寒者願為蛾，燒死彼華膏；華膏隔仙羅，虛遶千萬遭。到頭落地死，踏地為遊遨；遊遨者是誰？君子為鬱陶。（《本集卷三》）

起首敘述寒地百姓無火燒炕，夜半凍醒，起立號寒，二句極言天寒的窘狀。三四句「冷箭」、「棘針」，極言天寒入骨，有如冷箭棘針刺人肌膚。「霜吹」猶霜風，寫寒風穿透貧民四壁，使人無法逃避。此極言受凍之苦。「高堂」二句以對比的手法，寫富貴人家此時正在高奏歌樂，齊聚歡飲，由夜至曉，烹炮食物的香氣源源不絕。「寒者」四句說：受凍之人，寧作飛蛾，撲向燈燭，死亦無憾！奈何華膏為仙羅所隔，雖欲為飛蛾亦不可得，僅能遶室虛飛。「到頭」二句說飛蛾遶室虛飛，最後仍然得死，於是只能踏地求暖，遊遨驅寒。結尾讚頌在這樣的寒天，也惟有鄭餘慶能夠哀憐百姓的痛苦，給予矜恤。假使孟郊的詩僅限於自鳴哀苦，格局自有限度，但是孟郊基於自身貧寒生活的體驗，代言百姓寒苦，也就使他的作品更具深廣的意義。

三・對寒士的哀悼或表彰

孟郊自身的貧寒經驗，使他對於同時或前代的寒士，存有特別的感情。在〈哭劉言史〉、〈弔盧殷〉、〈章仇將軍良棄功守貧〉、〈弔元魯山〉十首等詩中，對這些寒士的人格氣質、守貧不屈深表敬意。如〈哭劉言史〉說：

> 詩人業孤峭，餓死良已多。相悲與相笑，累累其奈何？精異劉言史，詩腸傾珠河。取次抱置之，飛過東溟波。可惜大國謠，飄為四夷歌。嘗于眾中會，顏色兩切磋。今日果成死，葬襄之洛河。洛岸遠相弔，洒淚雙滂沱。（《本集卷十》）

劉言史是洛陽人，少時崇尚氣節，不舉進士。旅居河北、吳越、瀟湘等地。貞元中，至冀州依成德鎮節度使王武俊。王賞愛其詞藝，表為棗強令，辭疾不就，世重之，稱之為劉棗強。元和六年，受山南東道節度使李夷簡徵辟，署司功掾。李夷簡表奏增其官秩，詔下之日卒。劉言史與孟郊友善，與李翺也有交往。工於詩，風格近李賀，皮日休〈劉棗強碑〉稱其詩：「雕金篆玉，牢奇籠怪，百鍛為字，千鍊成句，雖不追躅太白，亦後來之佳作也。」嚴羽《滄浪詩話》將他列為大歷以後「吾所深取者」之一。

本詩起首四句說詩人以「孤峭」為活計，窮餓以死者甚多。世人對於窮餓而死的詩人，往往有悲惘也有譏笑；史蹟累累，莫可奈何。劉言史的詩究竟如何？孟郊以「精異劉言史，詩腸傾珠河。」來形容，對於他懷抱高才，浪跡東海，原應是大國雅章的詩作，反淪落為四夷之歌，深感惋惜。孟郊說他曾與劉言史在廣坐之中相會，相互切磋詩藝，從而深刻了解劉言史詩的價值。於是在劉言史歸葬洛濱時，深深表示哀悼。

另一位以詩窮餓的寒士是盧殷。盧殷，范陽（今河北涿縣）人。元和初任登封縣尉，以病去官，客居登封。元和五年貧病而卒，年六十五。韓愈有〈登封縣尉盧殷墓志〉。盧殷與韓愈、孟郊友善。韓愈〈盧殷墓志〉說：「君能文為詩，自少至老，詩可傳錄者，在紙凡千餘篇。無書不讀，然止用以資為詩。」盧殷死後，孟郊寫了十首詩悼之。孟郊在〈弔盧殷十首〉第一首，提到盧殷也是懷抱「清峭」，餓死空山。離開人世時：「久病牀席尸，護喪童僕孱。故舊窮鼠嚙，狼籍一室間。」十分悲慘。〈弔盧殷十首〉第四首寫其臥病時仍然寫詩的情景說：「攣臥歲時長，漣漣但幽噫。幽噫虎豹聞，此外相訪稀。至親唯有詩，抱心死有歸。」可見盧殷也是以詩為活、抱詩以終的悲慘餘生。

以詩名世，卻有不同的結局。因為：「他名潤子孫，君名潤泥沙。」（其五）何以如此？因為盧殷也是一位「可憐無子翁」（其四）！不但無子，寒士之中，前有顏回後有元德秀，在盧殷身上卻可以「耳聞陋巷生，眼見魯山君」。而且「餓死始有名，餓名高氛氳」（其六）。回想當年與盧殷往來，曾經：「夜踏明月橋，店飲吾曹床。醉啜二盃釀，名郁一縣香。」何其浪漫！當時盧殷的詩「吟哦無滓韻，言語多古腸。」詩藝多麼傑出，卻得窮餓而死！天道如此顛倒，也就「清濁俱莫追，何須罵滄

浪？」（其七）

假使孟郊弔盧殷，是為盧殷之窮餓而死抱不平，則其〈弔元魯山十首〉，形同自弔一般。元魯山即盛唐時期人品極高的寒士元德秀。夏敬觀《孟郊詩選注》導言中，比較孟郊與元德秀的性情與行誼說：

> 元德秀赴試進士，不忍離親，每行則自負板輿，與母俱謁長安；孟郊家在南方，去長安遠，每下第，即懊喪南歸，他索性奉母到嵩山居住。他是經過屢黜不登第，便不再赴試；到四十五歲這年，他母親要他去應試，這纔登第。元德秀登第後，母即亡故，孟郊的母，比郊前死四年，他是終身為人子的人，故選官必求近地。……元德秀不及親在娶，遂不娶，無子，孟郊連舉三子，皆殤，遂亦無子。元德秀兄子襁褓喪親，無資得乳媼，遂自乳之，數日湩流。孟郊〈寄義與小女子〉詩，用元德秀乳姪的事，再三詠歎。……元德秀的文章率情而書，語無雕刻，為魯山令時，遇著玄宗，歎賞他作的〈于蔿于歌〉，以為賢人之言。孟郊的詩也是率情而書，如他所作的樂府，及〈傷時〉、〈擇友〉等詩，實不曾有一字雕刻，實在是文從字順，卻遇到代宗德宗的時代，這又是他的境遇不如元德秀處。……元德秀是儒門的人物兼信佛教，母死刺血畫像，寫佛經；孟郊晚年亦崇奉佛教。元德秀歿後，門人鄉謚為文行先生，孟郊歿後，張籍輩謚之為貞曜先生，皆為學者私謚。他弔元德秀詩云：「惟餘魯山名，未獲旌廉讓。」唐自天寶亂

後，未聞表章幽隱有德之士，他為元德秀抱不平。不料他身後正是元德秀一個影子。十二

從這一段引文來看，〈弔元魯山十首〉不止是表彰寒士，更是孟郊自身的寫照。茲以第一首為例：

搏鷙有餘飽，魯山長飢空。豪人飫鮮肥，魯山飯蒿蓬。食名皆霸官，食力乃堯農。君子恥新態，魯山與古終。天璞本平一，人巧生異同。魯山不自剖，全璞竟沒躬。（《本集卷十》）

起首「博鷙」意謂猛擊。據《史記．酷吏列傳》：「（義）縱以鷹擊毛摯為治。」詩意是說身為酷吏反有餘飽，德秀身為循吏，卻常飢乏。「豪人」二句謂豪奪之人飽飫肥鮮，而德秀獨卻只能以蒿蓬為食。「食名」二句說明現世食名者多為霸官，自食其力者反成堯農。「君子」二句，寫魯山恥為新態，與古同終。「天璞」四句以璞為喻，謂玉璞本若一致，因巧匠琢磨，使其價值不同。德秀一生不欲自剖，堅守節操，始終是個完璞。〈弔元魯山十首〉第三首說：

君子不自蹇，魯山蹇有因。苟含天地秀，皆是天地身。天地蹇既甚，魯山道莫伸。天地氣不足，魯山食更貧。始知補元化，竟須得賢人。

起首四句說君子不自求艱阻，元魯山的窮蹇，自有因由。人既稟五行的秀氣，為天地之心，故人身即

十二　夏敬觀《孟郊詩集選注》導言（臺灣商務印書館，一九六五年八月）頁一至四。

天地之身也。「天地」四句說天地蹇塞之際，即人身道窮之時，因此，魯山之道固莫能伸。天地的秀氣不足，也就使元德秀益發貧困。結尾二句說大自然的發展變化，終須正道，也自須賢人。〈弔元魯山十首〉第四首說：

> 賢人多自蘊，道理與俗乖。細功不敢言，遠韻方始諧。萬物飽為飽，萬人懷為懷。一聲苟失所，眾憾來相排。所以元魯山，飢衰難與偕！

起首二句說賢人多有自晦之意。所抱持的理念，也與常與時世乖隔。三四句說賢人不以微細之功為功，反而期望與高遠的典範相合。五六句說賢人以天下人的溫飽為念，以天下任的胸懷為懷。七八句說：守道循理的人，往往為世俗所排斥。史書上稱許元魯山，歲屬饑歉，庖廚不爨，而彈琴讀書，怡然自得。因此孟郊在此詩結尾用反語說：這正是飢餓衰頹之事不會與魯山相偕的原因吧！

肆．古淡與奇詭的兩極風格

從詩歌的表現來看，孟郊的寒苦詩呈現「平淡高古」與「奇險詭怪」兩極風格。有的詩以平淡精巧的構思抒寫寒苦，有的詩則以尖新拗澀的措辭、詭怪離奇的意象來營造悽清冷峭的詩境，表現苦澀的美感。貧困的生活使孟郊將眼光集中在生活之中細微末事、或者一般人認為無法入詩的題材，加以精緻表現，因此在遣辭、構篇方面獲致獨特的成就。

一・古淡而精巧的構思

孟郊寒苦詩的題材看似有限，實則有許多的表現方式，透過孟郊精巧的構思，也展現特異的風貌。例如〈冬日〉一詩，如從其內如來看，不過是冬日午後，有感於陽光之短暫，聯想到一生拘執於詩文之無用而已，卻寫得頓挫變化。全詩如次：

老人行人事，百一不及周。凍馬四蹄吃，陟卓難自收。短景仄飛過，午光不上頭。少壯日與輝，衰老日與愁。日愁疑在日，歲劍迸如翦。萬事有何味？一生虛自囚。不知文字利，到死空遨遊。（《本集卷三》）

起首四句說自己垂老之年，百件人事之中，沒有一件周全。有如受凍的馬，雖行動遲緩，但是已登高峰，難於自收。「短景」指短暫的陽光，「仄飛」指斜飛，短暫的陽光斜飛而過，正午的陽光已不在上頭。「少壯」二句，就陽光生出議論，說少壯之年，日日生輝；而衰老之年，日日生愁。「日愁」二句進一步說：引起老人日日生愁的原因，恐怕仍是冬天短暫的日光，因為歲月似劍，如見仇讎而向前迸馳！「萬事」四句以感歎作結，緬想一生行事，自感徒然自囚於文字之間，殊無意味。蓋不知詩文何益於己？至死恐不免空自遨遊一生而已！此詩之題材普通，用字平淡，之所以能夠動人，在於精巧的構思。冬日短暫是詩意的重心，所有的文學趣味由此引生。而「凍馬」、「歲劍」之喻又是全篇最突出的地方。

再如〈借車〉一詩，僅僅六句尋常字句，卻將窮乏的生活與深刻的無奈，表現得無懈可擊。全詩說：

借車載家具，家具少于車；借者莫彈指，貧窮何足嗟？百年徒校走，萬事盡隨花。（《本集卷九》）

起首二句向人借車搬家，家具卻少於車。歐陽修《六一詩話》論及此二句時說：「乃是都無一物耳。」又說：「人謂非其身備嘗之不能道此句也。」實在把生活的窮乏寫得傳神寫真。「借者」二句的「彈指」一詞，原為佛教語，有許諾、贊歎、告誡、憤怒、短暫諸解。在此當作感歎解。借車者感歎孟郊實在窮極了，孟郊卻故作反語說：貧窮有什麼好嗟歎？人生百年，只是勞勞役走！花開花落，萬事隨之！結尾二句似歎非歎，實有深刻的無奈在其中。全詩的趣味全在構思之精巧。

再如〈雪〉一詩，也是一首以構思精巧取勝的力作：

忽然太行雪，昨夜飛入來。崚嶒墮庭中，嚴白何皚皚。奴婢曉開戶，四支凍徘徊。咽言詞不成，告訴情狀摧。官給未入門，家人盡以灰，意勸莫笑雪，笑雪貧為災。將暖此殘疾，典賣爭致盃。教令再舉手，誇曜餘生才。強起吐巧詞，委曲多新裁。為爾作非夫，忍恥轟暍雷。書之與君子，庶免生嫌猜。（《本集卷四》）

此詩首四句說：太行忽然飄雪，昨夜飄入我家。積雪層疊，墮入庭院，多麼皎潔。「奴婢」四句寫家中奴婢，清早開門，手腳受凍，不停來回行走，以便暖身。話也說不清，外邊的情況也報不明。「官給」四句寫孟郊告訴家人：官俸還未送來，家人神色都很沮喪。他說：先不要責怪冬雪凍人，其實貧窮才是真正的災害。「將暖」四句，寫孟郊為了暖此疾病之身，先典當一些東西，買些酒來，並且教導家人使喚酒令，一逞餘生之才。「強起」六句寫自己強起騁詞，巧寫委曲，多新裁之作。為這些詩，表現得實在像不大丈夫，但是為了宣示我孟郊為了詩歌創作，忍恥甘受喝雷之衝擊，不因天時而改，因此還是要「書之君子，免生嫌猜」。這一首詩寫下雪天，官俸未至，家人受凍沮喪，孟郊有感於冬雪不是真正的災禍，貧窮才是真正的災禍！典物得酒，教使酒令，勉力作詩，看似反常，其實都是苦中作樂的手段。

二・尖新而奇詭的措辭

從字句修辭的角度來看，孟郊的許多寒苦詩，以尋常字句，卻賦與特殊用意，形成一種尖新的措辭，造成新穎的表現效果。試看下列句例：

1 天色寒青蒼，北風叫枯桑。（〈苦寒吟〉）

按：此句運用「青」、「蒼」兩個顏色字形容天色，運用「叫」字行容北風吹動枯桑枝所發出的聲音，所形成對的動態意象，將隆冬天色的沉重與北風的淒冽，表寫得極不尋常。

2 荻洲素浩渺，碕岸澌碐磳。（〈寒江吟〉）

按：荻洲，長滿蘆荻的沙洲。素，指荻花之顏色。浩渺，形容荻花之廣。碕岸，指彎曲的堤岸。南朝・宋・鮑照〈登大雷岸與妹書〉：「磓石為之摧碎，碕岸為之鏨落。」澌，解凍時的流冰。屈原《九歌・河伯》：「與女游兮河之渚，流澌紛兮將來下。」碐，石貌。磳，石貌。唐・元結〈丹崖翁集銘〉：「磳磳丹崖，其下誰家。」此句用字十分綿密，卻字字有來歷。

3 飢烏夜相啄，瘡聲互悲鳴。冰腸一直刀，天殺無曲情。（〈飢雪吟〉）

按：瘡聲，瘡痛之聲。冰腸，指天候，兼指天意，簡古而意新。天殺，指冬季之生殺。四句歎天不恤凍餒，雖飢寒交迫，亦直刀生殺，毫不曲護。其中冰腸、直刀之意象極為奇詭。

4 大雪壓梧桐，折柴墮崢嶸。安知鸞鳳巢，不與梟鳶傾。（〈飢雪吟〉）

按：崢嶸，凜冽也。二句意謂大雪壓斷梧桐，凜冽寒風中，折枝墮地。安知鸞鳳之巢不與梟鳶共覆？鸞鳳與梟鳶所構成之對比意象，將天地不仁的意旨表達得十分通透。

5 惡詩亦得官，好詩空抱山。抱山冷殑殑，終日悲顏顏。好詩更相嫉，劍戟生牙關。前賢死已久，猶在咀嚼間。以我殘杪身，清峭養高閑。求閑未得閑，眾誚瞋䖘䖘。（〈懊惱〉）

按：詩意在指陳詩人多不遇於世。在此出現一些疊字詞。殑殑，《全唐詩》作「⿰歹宛⿰歹宛」。⿰歹宛，同

「殑」，音擎，寒冷之貌。悲顏顏，顏容悲悽之貌。其次，詩中以「詞鋒利如劍戟」來比喻妒才者對好詩之批評。以「猶在咀嚼間」說明前哲不朽之作猶存於今人的唇齒間。再者，以「殘杪身」比擬自身，殘，殘缺。杪，末端。殘杪身，指殘末之身。最後「虩虩」喻眾人的瞋怒。虩虩，原意為虎怒貌。此謂眾人之譏誚，可比虎之瞋怒也。在這些句子中，疊字所構成之的意象不僅奇警，而且十分鮮明。

6　溪風擺餘凍，溪景銜明春。（〈寒溪〉之八）

按：擺，擺動。餘凍，即將解凍。此言東風即將解凍，溪景已含明媚春色。其「擺」、「餘」、「凍」、「銜」字都下得奇警非凡。

7　冷露滴夢破，峭風梳骨寒。席上印病文，腸中轉愁盤。（〈秋懷〉之二）

按：「冷露」二句，謂秋露滴面，驚破夜夢；秋風冷峭，寒澈身骨。「席上」二句，寫輾轉床褥，故身有病臥的痕跡。其中「腸中轉愁盤」句，以盤為喻，寫衷腸的哀愁，如盤之轉，最為新巧。

從以上的句例不難看出：孟郊寒苦詩一如其他作品，相當重視字句的鍛鍊。孟郊時用常字、時用僻字，總以構成新警、奇詭的意象為目標。透過這些尖新的措辭與奇詭的意象，使他的作品煥發異於尋常的風貌。

三・冷峭而苦澀的詩境

孟郊的寒苦詩如果從詩歌境界的角度來看，常顯現出種種異常的淒清冷峭詩境。如〈西齋養病夜懷多感因呈上從叔子雲〉：「遠客夜衣薄，厭眠待雞鳴。一牀空月色，四壁秋蛩聲。守淡遺眾俗，養痾念餘生。」此寫病中多感，不眠至曉。月色、蛩聲，構成冷峭的詩境，西齋的環境正與其心境切合。

再以〈秋懷〉詩十五首為例：孟郊在寫秋月時說：「秋月顏色冰」、「秋月刀劍稜」寫秋風時說：「聲響如哀彈」、「幽竹嘯鬼神」、「棘枝風哭酸」。寫秋虫時說：「商蟲哭衰運」、「蟲老生麤疏」、「老蟲乾鐵鳴」。寫及秋花、秋草時說：「秋草瘦如髮」、「貞芳綴疏金」、「寒榮似春餘」。寫秋葉時說：「商葉隨乾雨」、「歲綠閔以黃」、「桐葉霜顏高」。營造出一片冷峭、肅殺、枯瘠、瘁索的秋景。孟郊〈秋懷〉詩中自稱「孤骨」、「老骨」、「冷魂」、「詩老」。寫自身的貧寒時說：「秋至老更貧」、「破屋無門扉」、「秋衣臥雲單」「鉏食難滿腹」。述及自身的病弱時說：「病骨可剸物」、「瘦臥心競競」、「老病多異慮」、「老力步步微」、「老人身生冰」。敘及秋日的感懷時說：「叢悲有餘憶」、「來衰紛似織」、「老客志氣單」、「浮年不可追」。透過生峭拗折的字句反覆吟詠貧寒、蹇塞、病弱的處境與悲苦、無助、忿懣的情緒。形成一種極為苦澀的詩境。（註十三）

再如〈寒溪〉之三說：

曉飲一杯酒，踏雪過清溪。波瀾凍為刀，剸割鳧與鷖。宿羽皆翦棄，血聲沉沙泥。獨立欲何語，默念心酸嘶。凍血莫作春，作春生不齊；凍血莫作花，作花發孀啼。幽幽棘針村，凍死難耕犁。

（《本集卷五》）

詩由曉行寒溪寫起，見凫鷺凍斃而動念，推及飽經戰禍的荒村，為凍餒的亡者，深致悲悼之意。全詩充滿類似「凍為刀」、「剸割」、「翦棄」、「凍血」、「凍死」等殺戮與死亡的意象，以及諸如「血聲」、「孀啼」之類的淒慘的聲音意象，所營造的詩境已不止冷峭，而是一個陰森、恐怖的世界。整體地看孟郊的寒苦詩，卻別具美感──一種苦澀之美感。

伍．歷代論者對孟郊寒苦詩的評價

歷代詩論家對於孟郊所作的批評，大部分針對寒苦詩而發，其中不少持負面的評價。如蘇軾曾有「空螯」之比、嚴羽曾有「吟蟲」之諷。蘇軾天才橫溢，性格曠放，自然無法給與孟郊同情的理解；而嚴羽認為孟郊「氣局不申」、「自為艱阻」、「詩刻苦，讀之使人不懽。」，持與李、杜相比，自然會作出：「李杜數公，如金翅擘海，香象渡河；下視郊島輩，直蟲吟草間耳。」的結論。嚴格講，也不算深入體會孟郊創作的苦心。

宋．李綱〈讀孟郊詩〉一首，對於孟郊的批評，雖然不離「草間吟蟲」的概念，已不乏肯定之詞：

我讀東野詩，因知東野心。窮愁不出門，戚戚較古今。腸飢復號寒，凍折西床琴。寒苦吟亦苦，

> 天光為沉陰。退之乃詩豪，法度森已嚴。雄健日千里，光芒長萬尋。乃獨喜東野，譬猶冠待簪。韓豪如春風，百卉開芳林；郊窮如秋露，候蟲寒自吟；韓如鏗金石，中作韶濩音；郊如擊土鼓，淡薄意亦深。學韓如可樂，學郊愁同侵。因歌遂成謠，聊以為詩箴。[十三]

因為生活窮苦，使孟郊「腸飢復號寒，凍折西床琴」，無法發出歡樂的聲音；因為迭遭飢寒使孟郊的觀物角度也迥異常人，所以說：「寒苦吟亦苦，天光為沉陰。」李綱將韓愈比為春風、金石，孟郊比為秋露、土鼓，各有所造，皆有所宜。李綱的批評比起蘇軾、嚴羽之評，無寧更為貼近孟郊的創作心靈。

金．王若虛《滹南詩話》則就詩歌之為情性產物，有更為肯定的批評：

> 郊寒白俗，詩人類鄙薄之。然鄭厚評詩，荊公蘇黃輩曾不比數，而云：樂天如柳陰春鶯，東野如草根吟蟲，皆造化中一妙，何哉？哀樂之真發乎情性，此詩之正理也。[十四]

王若虛認為「柳陰春鶯」與「草根吟蟲」皆是造化中的一妙；詩人本於情性，表達生活中的哀樂，均為詩歌創作的正道。由此可知，他是站在一個比較開闊的角度看待孟郊的作品。相形之下元好問〈論詩三十首〉絕句第十八首則嚴苛得多。全詩如次：

> 東野窮愁死不休，高天寞地一詩囚。江山萬古潮陽筆，合在元龍百尺樓。

十三 參見宋．李綱《梁谿集》卷九〈讀孟郊詩〉。

十四 見金．王若虛《滹南詩話》卷一 丁福保編《歷代詩話續編》（台北，木鐸出版社，一九八八年七月）頁五一二。

按前半兩句說：孟郊喜歡以窮困愁苦作為詩歌題材，至死如此。處身在高天厚地之間，卻自囿於苦吟，不啻詩中囚徒。後半兩句說：試看韓愈自潮州還朝後之文章，與江山同其不朽。韓孟相比，韓愈應居陳元龍高臥的百尺樓上，高下豈可同日而語？元好問論詩強調「正體」與「偽體」之判分，並且崇尚雄渾健勁的風格與真淳自然的美感。對於孟郊刻意苦吟，自是無法認同。對於蘇軾、元好問的譏評，清・沈德潛也是從情性的角度予以修正，他在《唐詩別裁》卷四說：

東坡目為「郊寒島瘦」，島瘦固然，郊之寒過求高深，鄰於刻削。其實從真性情流出，未可與島並論也。而元遺山云：「東野窮愁死不休，高天厚地一詩囚。」毋乃太過乎？[十五]

不可否認，孟郊的寒苦詩誠有「鄰於刻削」或「苦澀而無回味」者。[十六]都是從真性情流出，所以能得到後人的共鳴。有一些詩論家，如清・毛先舒在〈題孟東野集〉中就說：

昔人評東野之詩為「寒」，余以為寒耳。偶友人餉以全集讀之，則生澀仄僻，其用筆步步不欲從平坦處行，中有雋語，足以驚神。近世鍾、譚似乎托足於此。然此等或自名一家則可，倘欲倚此而廢初盛諸公，則悖矣。[十七]

[十五] 見清・沈德潛《唐詩別裁》卷四（台北，廣文書局版）

[十六] 見清・翁方綱《石洲詩話》卷二（台北，木鐸出版社，一九八二年五月）頁六二。

[十七] 見清・毛先舒在《題孟東野集》，轉引自陳伯海編《唐詩評論類編》（山東教育出版社，一九九三年一月）頁一一二五。

從這一段資料來看，毛先舒起先也與一般人的見識相同，認為孟詩「寒」，可是讀了全集之後才發現孟郊用筆「步步不欲從平坦處行，中有雋語，足以驚神。」並非一無價值。再如清．管世銘《讀雪山房唐詩序例》也認為：「孟東野蜇吻澀齒，然自是盤餐中所不可少。」[十八]清．胡壽芝《東目館詩見》卷四甚至說：「東野清峭，意新音脆，最不凡，亦少疲薾語，烏得以『寒』概之？」[十九]清．方世舉《蘭叢詩話》說：

徐文長有云：「高、岑、王、孟固布帛菽粟，韓愈、孟郊、盧仝、李賀，卻是龍肝鳳髓，能舍之耶？」此當王李盛行之時，真如聞清夜晨鐘矣。[二十]

前賢論孟郊詩，從「以詩窮而死」，到「寒蟲」、「詩囚」等負面批評，到認定他的作品「有理致」，是「造化之一妙」，「不是一個寒字可盡」，顯示一個逐漸被認識、肯定的歷程。至於徐文長喻之為「龍肝鳳髓」，堪稱歷史上對孟郊最高的肯定。孟郊的寒苦詩，既是貧寒生活的反映，說他「刻苦」、「窮愁」也好，說他「僻苦」、「寒削」也好，其實多少能說明孟郊生活實貌與情感本質。

十八 見清．管世銘《讀雪山房唐詩序例》轉引自陳伯海編《唐詩評論類編》（山東教育出版社，一九九三年一月）頁一一二六。

十九 見清．胡壽芝《東目館詩見》卷四，轉引自陳伯海編《唐詩評論類編》（山東教育出版社，一九九三年一月）頁一一二七。

二十 見清．方世舉《蘭叢詩話》，郭紹虞《清詩話續編》上冊（台北，木鐸出版社，一九八三年十二月）頁七七五至七七六。

陸．結論

經由以上的察考，可知貧寒困頓的現實生活、偃蹇坎坷的仕途、無子絕嗣的悲哀、孤僻寡合的性格是孟郊自鳴寒苦的現實基礎。寒苦詩一方面是孟郊發憤著述、不平則鳴的創作實踐；而作為「苦吟詩人」的代表人物，寒苦詩在另一方面也是孟郊處在艱困的環境下，力求自我實現的產物。如果再從心理的層面來看，孟郊反覆吟詠寒苦，多少帶有心理自衛的作用，從而減輕貧寒困頓的生活對心靈所造成的創傷，因此，寒苦詩也可以使孟郊受挫欲望獲得替代性的滿足。

值得注意的是：孟郊不僅止於吟詠自身的貧寒與病苦，還將筆鋒指向社稷民生的飢寒困頓，對於同時或前代寒士的偃蹇窮窘，更不吝於表彰或追悼。從而使其寒苦詩，不止是小我的悲吟，更具備表現的深度與普遍的意義。

孟郊的寒苦詩既以愁苦為情感的要素，無可諱言，哀情苦語使人讀來不懽；但是孟郊透過尖新的措辭、奇詭的意象來表現寒苦，則使這些詩具有獨創的意義與嶄新的風貌。孟郊本其特殊的才思，在這些作品中創造出一種前所未有的冷峭詩境與苦澀美感；或許正是這些東西，在各個的時代中，不斷觸動著讀者的心絃。

原載：國立中興大學台中夜間部主編，《國立中興大學台中夜間部學報》，第二期，（一九九六年十一月）頁五十五至七十八。

七、孟郊詩歷代評論資料述論

壹．前言

孟郊為中唐時期作風突出的詩人，歷代評論資料甚多。有自其性格行事提出負面批評者，亦有就其創作苦心給予正面肯定者。文學史家常以體派的觀點與韓愈並稱「韓孟」，或據其清奇僻苦的風格，與賈島同列為「苦吟詩人」。筆者研閱中唐詩有年，對於孟郊詩資料，掌握較多，爰就篋中所得，依時代先後，分為四階段簡述歷代論者對於孟郊詩歌創作的評論，並對於孟郊歷史地位的升降、前賢評論孟郊詩所呈現的問題，略作考察，或能對於孟郊甚或中晚唐時期苦吟詩人的作品，作出較為客觀的評估。

本文所依據的資料，主要取自何文煥輯《歷代詩話》、丁福保編《續歷代詩話》與《清詩話》、郭紹虞編《清詩話續編》、陳伯海編《唐詩論評類編》、程毅中主編《宋人詩話外編》、吳文治編《韓愈資料彙編》等書，歷代相關詩文集、序跋、箋注資料亦所關注、留心收集，以此就教於學界方家。

貳．唐五代時期

一．時人交往詩文的讚頌

孟郊生於唐玄宗天寶十載（西元七五一年），卒於唐憲宗元和九年（西元八一四年），在韓孟詩人集團中，年齡最長。據五代．後晉．劉昫《舊唐書》卷一六〇〈孟郊傳〉謂：「韓愈一見，以為忘形契，常稱其字曰東野，與之唱和於文酒間。」韓孟交往，大約始於唐德宗貞元八年（西元七九二年）。當時孟郊已有相當創作成績，由韓愈〈孟生詩〉：「作詩三百首，窅默咸池音。」即能略知一二。韓愈對孟郊之人格與創作成就極為崇仰，不惟誠心推重，且詩歌唱和，友誼敦篤垂二十三年之久。韓愈與孟郊的唱和詩除上述之外，尚有〈江漢答孟郊〉、〈薦士〉、〈孟東野失子〉、〈醉留東野〉、〈將歸贈孟東野房蜀客〉、〈答孟郊〉、〈答孟郊〉。書牘贈序之作尚有〈與孟東野書〉、〈送孟東野序〉等文。如從時人的交往詩文來看孟詩，韓愈的論見無疑最值得重視。

從韓孟交往詩的內容來看，雖大多屬於情感交流，卻不乏文學批評的意義。例如：〈孟生詩〉說：「顧我多慷慨，窮簷時見臨；清宵靜相對，髮白聆苦吟。」（《韓昌黎詩繫年集釋》卷一，以下簡稱《集釋》）這是有關孟郊的論述中，最早提及孟詩「苦吟」的材料。又如〈答孟郊〉說：「規模背時利，文字覷天巧。人皆餘酒肉，子獨不得飽。……」（《集釋》卷一），頗能具體指陳孟郊雖擁有高強的寫作能力，卻自困於窮乏的原因。再如〈醉留東野〉說：

昔年因讀李白杜甫詩，長恨兩人不相從。吾與東野生並世，如何復躡二子蹤？東野不得官，白首誇龍鍾，韓子稍奸黠，自慚青蒿倚長松。低頭拜東野，願得終始如駏蛩。東野不回頭，有如寸莛撞鉅鐘。吾願身為雲，東野變為龍，四方上下逐東野，雖有離別何由逢？（《集釋》卷一）

此詩非但與李、杜相提並論，而且以「青蒿」、「雲」自喻；以「長松」、「龍」比孟郊，願意「四方上下逐東野」，對孟郊的推許不可謂之不高。再如：〈醉贈張秘書〉：「東野動驚俗，天葩吐奇芬。」（《集釋》卷四）稱頌孟郊作風雖常驚動世俗，寫成詩卻有如奇花飄散異香。〈薦士〉詩對於孟郊之評價基準更高，從《詩經》、蘇李、建安、晉宋、子昂、李杜，一路敘述下來，然後說：「有窮者孟郊，受材實雄鷔。冥觀洞古今，象外逐幽好。橫空盤硬語，妥帖力排奡。」（《集釋》卷五）韓愈刻意突顯孟郊才學、作風、語言表現各方面的捷出，不論其語氣是如何夸張，在文學批評上都具有一定程度的意義。

至於在文章酬贈方面，韓愈在〈送孟東野序〉中推擴太史公「發奮著述」之義，提出「物不得其平則鳴」的理論。此文在稱述陳子昂、蘇源明、元結、李白、杜甫、李觀，「皆以所能鳴」之後，筆鋒轉向孟郊、李翺、張籍，盛稱三人也屬於「善鳴者」。細按全文的寫作用意，韓愈似在推擴「不平則鳴」的涵義，希望孟郊能超越個人「窮」、「通」之層次，真正的目的是在安慰孟郊。

在孟郊的交遊之中，李翱不擅作詩，但卻有一段評論孟詩的重要資料。按唐德宗貞元八年（西元七九二年），孟郊下第東歸，造訪張建封於徐州。李翱為作〈薦所知於徐州張僕射書〉，論及孟郊在五言詩方面的成就：

郊為五言詩，自前漢李都尉、蘇屬國及建安諸子、南朝二謝、郊能兼其體而有之。李觀薦郊於梁肅補闕書曰：「郊之五言詩，其高處，在古無上。其有平處，下顧二謝。」韓愈送郊詩曰：「作詩三百首，杳然咸池音。」彼二子皆知言者也，豈欺天下之人哉。郊窮餓不得安養其親，周天下無所遇，作詩曰：「食薺腸亦苦，強歌聲無歡。出門即有礙，誰謂天地寬。」其窮也甚矣。一

值得注意的是：此為繼韓愈〈薦士〉之後，進一步將孟郊詩放在中國詩歌發展的傳統中，與前代詩人作一翻比較。李翱同樣強調孟郊的「窮苦」與五言詩的精湛。這些論述在宋人的評評論資料中，都有進一步推闡。

一　見宋．姚鉉《唐文粹》卷第八十六（台北，世界書局，一九七二年二月）

二．悼念詩文的揄揚

唐憲宗元和九年八月，山南西道節度使鄭餘慶奏請孟郊為興元軍參謀、試大理評事。孟郊應命，由洛陽赴興元，不幸在旅途中暴疾而卒。韓愈與張籍私謚為「貞曜先生」，韓愈作了〈貞曜先生墓誌銘〉一文悼念。稱述孟郊詩：

> 及其為詩，劌目鉥心，刃迎縷解，鉤章棘句，掐擢胃腎，神施鬼設，間見層出。惟其大翫於詞，而與世抹摋，人皆劫劫，我獨有餘。[二]

按這一段銘文，係就孟郊作詩的嘔心瀝血、詩語的駭人心目、行事的與世迥異，所作的評述。韓愈由於和孟郊私交敦篤，不免在評論孟詩時，摻入較多感情的成份。後世論者常就韓愈之所以極力推崇孟郊，提出解釋、修正或批駁的意見。

孟郊死後，時人後輩還有一些悼念詩，茲舉王建、賈島、貫休三家之弔詩為例。如王建在〈哭孟東野〉二首之二便說：「老松臨死不生枝，東野先生早哭兒。但是洛陽城裏客，家傳一本杏殤詩。」按孟郊連產三子皆不幸夭折。元和二、三年孟郊喪失幼嬰，曾作〈杏殤〉九首，淒苦萬分。王建此詩，雖僅提及〈杏殤〉，卻由此可知孟郊在洛陽詩壇，頗負時譽。至於賈島在〈弔孟協律〉中悼念孟郊說：

二　見馬其昶《韓昌黎文集校注》第六卷（台北，漢京文化事業公司，一九八三年十一月）頁二五七。

「才行古人齊，生前品位低。葬時貧賣馬，逝日哭惟妻。孤塚北邙外，空齋中嶽西。詩集應萬首，物象徧曾題。」雖然是針對孟郊才高位低，一生窮窘，卻作詩不輟而說。但是此詩最後兩句頗值得注意。由「詩集應萬首」一句，足見孟郊在世時，作品不少；復由「物象徧曾題」一句來看，孟郊詩歌題材內容，應有相當程度的開闊與多樣性，只是不幸大多數詩篇都已亡佚罷了。

貫休〈讀孟郊集〉則盛稱孟郊詩：「清刳霜雪隨，吟動鬼神司。舉世言多媚，無人師此師。因知吾道後，冷淡亦如斯。」此亦就其生前格調之高、技法之奇，以及死後寂寞無聞，所生感歎。這些感悼之作，如從評騭的方向與深廣程度來考察，其實仍未脫離韓愈所評論的範圍。

三．雜史筆記、書序中的評論

到了晚唐五代時期趙璘、李肇、張為、王定保都有論及孟郊詩的文獻。趙璘《因話錄》及李肇《唐國史補》記載不少唐代朝野軼事及典章制度，有較高史料價值。趙璘《因話錄》說：「韓文公與孟東野友善，韓公文至高，孟長於五言，時號『孟詩韓筆』。」[三]唐．李肇《國史補》卷上也說：

元和以後，為文筆則學奇詭于韓愈，學苦澀于樊宗師。歌行則學流蕩于張籍。詩章則學矯激于

三　趙璘《因話錄》卷三，轉引自吳文治《韓愈資料彙編》（台北，學海出版社，一九八四年四月）頁四三。

孟郊，學淺切於白居易，學淫靡于元稹，俱名為「元和體」。大抵天寶之風尚黨，大曆之風尚浮，元和之風尚怪。[四]

韓愈詩在元和時期的聲價，其實不如元白。元和時代騷壇主盟，當推元白，而非韓愈。羅聯添先生在〈唐代文學史兩個問題探討〉一文中，曾有深入分析。[五]從《因話錄》來看，「孟詩韓筆」似為中晚唐人對於韓愈、孟郊詩試文的固定印象。而由《唐國史補》顯示：孟郊詩亦以「矯激」的詩風，廁身「元和體」之林。李肇所稱的「元和體」自與元白所稱的「元和體」內涵不同。

唐人詩話傳世不多，但是張為的《詩人主客圖》卻是體例奇特、後世頗為重視的著作。張為所列舉之八十餘名詩人，大多為草野詩人，生平鮮少見諸記載。目前所見的《續歷代詩話》本《詩人主客圖》，已是殘卷。張為將他所選錄的詩人分為：「廣大教化」、「高古博逸」、「清奇雅正」、「清奇僻苦」、「博解宏放」、「瑰奇美麗」，各置「主」、「客」、「入室」、「升堂」、「及門」。唐·張為《詩人主客圖》將孟郊置於「清奇僻苦主」，「上入室」二人：陳陶、周朴。「及門」二人：劉得仁、李溟。在孟郊的作品中，徵引以下三聯：

青山碾為塵，白日無閒人。（〈大梁送柳渾先入關詩〉）

四 見唐·李肇《國史補》卷下，轉引自王汝濤主編《全唐小說》第三卷（山東文藝出版社，一九九三年）頁一八六。

五 詳見羅聯添〈唐代文學史兩個問題探討〉，載氏所著《唐代文學論集》下冊（臺灣學生書局，一九八九年五月）頁二六二至二七二。

食薺腸亦苦，強歌聲無歡。（〈贈別崔純亮〉）
欲知萬里情，曉臥半床月。（〈獨愁〉）

張為所選的詩，雖非最能代表孟郊詩風，但是揭示的「清」、「奇」、「僻」、「苦」四字，卻頗能涵括孟郊詩風的特色。後來宋．計有功《唐詩紀事》卷三十五，便曾全部引錄。除張為之外，晚唐五代人對於孟郊詩的評論尚有皮日休《雜體詩．序》、司空圖〈與王駕評詩書〉、顧陶《唐詩類選．序》、王定保《唐摭言》卷十。皮氏的評論針對韓孟聯句詩，說：「他集罕見，足知為之之難也。」（阮元《全唐文補遺》）司空圖以為：「閬仙、東野、劉得仁輩時得佳致，亦足滌煩。」，顧氏則以為：「郊、島、愈、籍、合十數子，挺然頹波，……乃能抑退浮偽流豔之辭。」五代．王定保《唐摭言》說：「孟郊字東野，工古風，詩名播天下，與李觀、韓退之為友。」總結而言，這些資料顯示中晚唐時期，時人大體能欣賞孟郊，接受孟詩。因此這些資料所論述說問題雖有其限定的範圍，卻有一定程度的重要性。

參．宋、金時期

孟郊死時，韓愈、張籍仍然在世，卻未替孟郊編輯遺集，今人所流傳的《孟東野詩集》為北宋人宋敏求所編定。宋敏求在《孟東野詩集後序》提到北宋初期刊本有：「汴吳鏤本」，一百二十四篇。「周安惠本」十卷，三百三十一篇。「別本」五卷，三百四十篇。還有蜀人蹇濬用韓愈贈孟郊詩句所纂《咸池集》二卷，一百八十篇。宋敏求「總括遺逸，擿去重覆」得五百一十一篇，並且將全集「釐別樂府、感興、詠懷、居處、行役、紀贈、懷寄、酬答、送別、雜題、哀傷、聯句十四種，又以讚書二繫於後，合十卷。」[六]可見宋初雖有刻本，但是遺佚甚多，極為混亂。

自宋敏求將孟詩編為十四大類，孟郊詩集的規模才告底定。後世的刻本，一直沿用此例，迄今未變。而宋人的詩話資料從歐陽修《六一詩話》、司馬光《詩話》以來，體制已經確立，而且著作十分繁多，宋金階段評論孟郊的資料，比起唐五代，相對增多。這些資料，大致呈概括評議與深入探究兩種主要評論傾向。

一．對孟郊詩的議議

宋初論孟郊，首先注意到孟郊詩思的「寒苦」。如石介在〈贈張績禹功〉一詩中說：「孟郊與張籍，詩苦動天地。」（《徂徠石先生全集》卷二），歐陽修《六一詩話》也舉：〈移居詩〉〈謝人惠炭〉為例，說：「孟郊賈島皆以詩窮至死，而平生尤喜自為窮苦之句。」宋．宋祁．歐陽修《新唐書》卷一七六〈韓愈傳〉附〈孟郊傳〉說：「郊為詩有理致，最為愈所稱。然思苦奇澀。」《新唐書》雖肯定孟詩「有理致」，仍突出其詩思之「苦」。

六　見宋敏求《孟東野詩集．後序》，參四部叢刊本《孟東野詩集》。

宋代另一著名的批語是蘇軾在〈祭柳子玉文〉中所提出的：「郊寒島瘦，元輕白俗」，蘇軾〈讀孟郊詩〉又說：「何苦將兩耳，聽此寒蟲號？不如且置之，飲我玉色醪。」自此，孟郊被視為「草間吟蟲」。由於歐陽修、蘇軾在北宋詩壇的主盟地位，兩人的譏誚，也就引發更多從不同角度所作的負面批評。如蘇轍在〈詩病五事〉中，即暗中嘲笑孟郊是一個「陋於聞道」的文人：

唐人工於詩，而陋於聞道。孟郊嘗有詩曰：「食薺腸亦苦，強歌聲不懽。出門如有礙，誰謂天地寬。」郊耿介之士，雖天地之大不無以安其身，起居飲食有戚戚之憂，是以卒窮而死。而李翱稱之，以為郊詩：「高處在古無上，平處猶下顧沈、謝。」至韓退之亦談不容口，甚矣，唐人之不聞道也。孔子稱顏子在陋巷，人不堪其憂，回也不改其樂。回雖窮困早卒，而非其處身之非，可以言命，與孟郊異矣。[七]

按：蘇轍從道學的角度出發，認為顏回同處困窮，卻能不改其樂，相較之下，孟郊顯得有些為衣食而憂。因此對於韓愈、李翺之極力稱許孟詩，相當不以為然。宋．魏泰《臨漢隱居詩話》質疑孟郊寫詩是「苦吟而成」，不可能像韓愈所說的：「榮華肖天秀，捷急逾響報。」再如宋．張耒《張右史文集》卷四十六甚至連孟郊的諡號都要譏諷一番：

七　見宋．蘇轍〈詩病五事〉《詩話叢刊》（台北，弘道文化事業公司，一九七一年三月）頁一三〇九。

王通死，門人私諡文中；孟郊死，韓愈張籍諡以貞曜。然後讀通所著書續經，其狂誕野陋，乃可為學者發笑。郊以餓士偶工於詩爾，世之言通與郊之實，不過如此。文中、貞曜竟何補哉？[八]

宋．吳處厚《青箱雜記》也舉列詩例抨擊孟郊的性格說：

孟郊賦性褊隘，其詩曰：「出門即有礙，誰謂天地寬？」天地何嘗礙郊？孟郊自礙耳！[九]

宋．劉攽在《中山詩話》中，甚至懷疑韓、孟聯句詩中，凡屬於孟郊的句子，都是韓愈潤色：

東野與退之聯句詩，宏壯博辯，若不出一手。王深父云：「退之容有潤色。」[十]

這種態度延續到南宋依然未變。如南宋．嚴羽《滄浪詩話．詩體》雖立「孟東野體」另一方面卻說：「孟郊之詩刻苦，讀之使人不懽。」、「李杜數公，如金翅擘海，香象渡河，下視郊島輩，直蟲吟草間耳。」、「孟郊之詩，憔悴枯槁，其氣局促不伸．．．詩道本正大，孟郊自為之艱阻耳。」葛立方《韻語陽秋》、周紫芝《竹坡詩話》則以摘句批評之方式，加以譏誚。如：如葛立方《韻語陽秋》卷

八　見宋．張耒《張右史文集》卷四十六〈答李文叔為兄立諡簡〉轉引自吳文治《韓愈資料彙編》（台北，學海出版社，一九八四年四月）頁一七五。

九　宋．吳處厚《青箱雜記》，轉引自程毅中主編《宋人詩話外編》上冊（北京，國際文化出版公司，一九九六年三月）頁一三二。

十　宋．劉攽在《中山詩話》，清．何文煥《歷代詩話》（台北，木鐸出版社，一九八三年二月）頁二八八。

十八徵引：孟郊〈落第詩〉、〈再下第詩〉、〈下第東南行〉、〈下第留別長安知己〉、〈失意投劉侍御〉、〈歎命〉、〈登科後〉諸詩為證，批評孟郊「非能委順者」。周紫芝也在《竹坡詩話》中，徵引〈下第詩〉、〈登科後〉之後疵議孟郊：

> 一第之得失，喜憂至於如此，宜其得之而不能享也。退之謂：可以鎮浮躁。恐不免過於情。[十一]

在這些資料中，或訕笑、或譏諷；或疵議、或質疑，充分顯示宋代一些論者只見到孟郊負面的性格，尚未深入了解孟郊的詩藝，自然無法接納孟郊的作品。而對於孟郊最為苛刻的批評要算金．元好問。按元好問〈放言〉謂：

> 韓非死孤憤，虞卿著窮愁。長沙一湘纍，郊島兩詩囚。（《遺山先生文集》卷二）

其〈論詩三十首〉十八亦謂：

> 東野窮愁死不休，高天寞地一詩囚；江山萬古潮陽筆，合在元龍百尺樓。（《遺山先生文集》卷十一）

前後兩詩將都稱孟郊為「詩囚」，尤其〈論詩三十首〉十八之前半譏嘲孟郊處身在高天厚地間，卻自

十一　宋．周紫芝《竹坡詩話》，同上書，頁三五一。

囿於苦吟，不啻詩中囚徒。而韓、孟雖然齊名，孟郊的窮愁實不堪與韓愈的雄奇相提並論。如此的評論，幾乎已將孟郊詩的價值全盤否定。

二．對孟郊詩的深究與評估

但是，展讀宋人評孟資料，可以發現並非全盤輕視孟郊。比如南宋時期有些論者在洞悉孟郊真正長處以後，改採比較寬容、客觀的批評態度。這些資料當中，有屬於考證的、有摘句評賞、或是呼應前賢的評論。有些則給予孟郊高度的肯定，也有些僅就特定詩作給予認同。以下即分四項考述：

㈠孟郊資料考證方面：例如范成大《吳郡志》卷十二〈官吏〉記載：孟郊的父親庭玢，為崑山尉，也是「以詩名世。」一再如吳子良《荊溪林下偶談》卷一據〈東野墓誌〉及韓愈相關作品，考證出《新唐書．韓愈傳》附傳以及樊汝霖注文的錯誤；又如曾季貍《艇齋詩話》、吳聿《觀林詩話》均曾記載孟郊四〈嬋娟篇〉誤收於《顧況集》的情形。類似資料也許只是片語零縑，然而這種考察，卻對後世正確了解孟郊，甚有俾益。

㈡摘句評賞方面：南宋以來，已有不少批評家不願隨口評騭，改以具體詩篇評析孟郊的詩藝。例如吳可《藏海詩話》說：

孟郊詩云：「天色寒青蒼，朔風吼枯桑（作者按：一作「北風叫枯桑」）。厚冰無斷文，短日

有冷光。」此語古而老。[十二]

又如范晞文《對牀夜語》卷四說：

東野《長安道》詩云：「胡風激秦樹，賤子風中泣。家家朱門開，得見不可入。長安十二衢，投樹鳥亦急。高閣何人家，笙簧正喧吸。」氣促而詞苦，亦可憐也。退之有贈孟之詩云：「長安交遊者，貧富亦有徒。親朋相過時，亦各有以娛。陋室有文史，高門有笙竽。何能辨榮悴，且欲分賢愚。」亦廣其意，而使之安其貧也。[十三]

《對牀夜語》論及孟郊詩藝、體制、聯句、用意、用韻等方面，頗多慧見。這一段材料，對於韓、孟酬贈的用意，作了寶貴說明。再如劉克莊也曾對孟詩大量徵引。劉克莊在詩歌創作上學晚唐，學姚、賈，對孟郊詩的辨識極精。其《後村詩話》曾全文抄錄孟郊〈自歎〉、〈弔國殤〉、〈灞上輕薄行〉、〈遊子吟〉、〈去婦〉、〈教坊歌兒〉、〈長安旅情〉、〈秋懷〉、〈戲贈無本〉、〈游俠行〉、〈弔元魯山〉等詩，說明韓愈揄揚孟郊，視為畏友的「實非謬敬」。劉克莊從具體體的詩篇的研究，得到以下的結論：

十二 宋．吳可《藏海詩話》丁福保編《歷代詩話續編》（台北，木鐸出版社，一九八三年二月）頁三三一。

十三 范晞文《對牀夜語》卷四 丁福保編《歷代詩話續編》（台北，木鐸出版社，一九八三年二月） 頁四三五。

當舉世競趨浮豔之時，雖豪傑不能自拔。孟生獨為一種古淡不經人道之語，固退之所深喜，何謬敬之有？十四

當然，劉克莊《後村詩話》前集卷一也說過：「孟詩亦有平淡閑雅者，但不多耳。」可知劉氏對於孟郊詩的肯定仍有一定的限度。

（三）對前賢評孟資料的解釋或駁正：宋人的論述孟詩的資料中，有一大部分是由前賢的批評引發出來。如張戒《歲寒堂詩話》卷上對於前賢將孟郊、賈島相提並論即表示不以為然。他說：

世以配賈島，而鄙其寒苦，蓋未之察也。郊之詩，寒苦則信矣，然其格致高古，詞意精確，其才亦豈可易得？十五

這是將孟郊、賈島詩篇，評比優劣的開始。此外，宋人也開始調整態度，重估孟郊詩。例如曾季貍在《艇齋詩話》中，提及自己先是受到蘇軾誤導，不喜孟詩；五十歲以後，始覺前非。他說：

予舊因東坡詩云：「我憎孟郊詩」及「要當鬬僧清，未足當韓豪。何苦將兩耳，聽此寒蟲號。」，遂不喜孟郊詩。五十以後，因暇日試取細讀，見其精深高妙，誠未易窺，方信韓退之、李習之

十四　宋．劉克莊《後村詩話》，轉引自自吳文治《韓愈資料彙編》（台北，學海出版社，一九八四年四月）頁五一七。

十五　宋．張戒《歲寒堂詩話》卷上，轉引自丁福保編《歷代詩話續編》（台北，木鐸出版社，一九八三年二月）頁四五九。

尊敬其詩，有以也。東坡性痛快，故不喜郊之詞艱深。要之，孟郊張籍，一等詩也。唐人詩有古樂府氣象者，惟此二人。但張籍詩簡古易讀，孟郊詩精深難窺也。孟郊如〈遊子吟〉、〈列女操〉、〈薄命妾〉、〈古意〉精確婉轉，人不可及也。[十六]

呂本中《童蒙詩訓》也舉徐師川與黃山谷的對話說：[十七]

徐師川問山谷云：「人言退之、東野聯句，大勝東野憑日所作，恐是退之平日有所潤色。」也。

十分有趣的是：黃山谷的意見，適與劉攽《中山詩話》所引王深父的意見，完全相反。此外黃轍《𥖁溪詩話》卷四也說：

永叔「堪笑區區郊與島，螢飛露濕吟秋草。」以為二子之窮。然子美亦有「暗飛螢自照，水宿鳥相呼。幸因腐草出，敢近太陽飛。」雖吟詠微物，曾無一點窮氣。孟郊詩最淡且古，坡謂：『有如食彭越，竟日嚼空螯。』退之論數子，乃以張籍學古淡，東野為天葩吐奇芬。豈勉所長

十六　宋．曾季貍在《艇齋詩話》（台北，木鐸出版社，一九八三年二月）頁三二四。
十七　宋．呂本中《童蒙詩訓》　郭紹虞編《宋詩話考輯佚》（台北，華正書局一九八一年十二月）頁五八八。

而諱所短？抑亦東野古淡自足，不待學耶？[十八]

以上這些材料，不論是認為孟郊「獨為一種古淡不經人道之語」、還是「格致高古，詞意精確」、或者「一等詩也」、「東野潤飾退之」、「古淡自足」，這些評語，都意味著批評家已不想糾纏在孟郊生活、性格這些老問題上，漸由精細的閱讀，就詩藝本身來評價孟詩。

（四）孟郊詩價值重估：宋人對於孟郊詩的價值，早在北宋哲宗元祐間，與蘇軾、黃山谷唱和的王直方，已引李希聲之說，說：「孟郊詩正如晁錯為人，不為不佳，所傷者峻直耳。」[十九]南宋費袞《梁溪漫志》說得更完整。他說：

自六朝詩人以來，古淡之風衰，流為綺靡，至唐尤甚。退之一世豪傑，而亦不能自拔于習俗。東野獨一洗眾陋，其詩高妙簡古，力追漢魏作者。正如倡優雜沓前陳，眾所趨奔，而有大人君子垂紳正笏，屹然中立，退之所以深嘉屢嘆，而謂其不可及也。然亦恨其太過，蓋矯世不得不爾。[二十]

至於南宋時期曾為江湖詩社一員的敖陶孫，在《臞翁詩評》中更以意象語評述孟詩說：「孟東野如埋

十八　宋・黃徹《䂬溪詩話》卷四　丁福保編《歷代詩話續編》（台北，木鐸出版社，一九八三年二月）頁三六六。

十九　宋・王直方《王直方詩話》　郭紹虞編《宋詩話考輯佚》（台北，華正書局一九八一年十二月）頁五八八。

二十　南宋・費袞《梁溪漫志》　陳伯海編《唐詩論評類編》（山東教育出版社，一九九三年一月）頁一二二四。

泉斷劍，臥壑寒松。」[二十一]按「埋泉斷劍」一語，比喻孟郊詩格的「古雅」，「臥壑寒松」比喻孟郊性格的「孤高」。此一意象批評，可謂恰如其分，傳神寫真。

總結而言，由於宋金時期所能見及的孟詩，比起中晚唐時期的人更加完整，對於孟詩的評述形態也就更為多樣——無論採取「以詩論詩」的形式、「摘句批評」的形式、或者那一種形式，討論的層面都已日益增廣，而且不論屬於正面的肯定或負面的疵議，都有一定的準據，因此能得到後世的重視。絕大多數的論題，在明、清兩代，都有後續的討論。

肆．元明時期

元明時期，對於孟郊詩的評論集中在孟郊淵源、作風、評價等問題。前代論者所提出之問題，多有再探討。摘句評賞仍是通行的方法。元．辛文房《唐才子傳》卷五，融匯新舊《唐書》及相關史料，撰成〈孟郊傳〉。這一篇小傳雖然在「孟郊籍貫」、「李程榜進士，時年五十」、「《咸池集》十卷行世」等記載上，有明顯的錯誤。[二十二]仍然是正史以外，有關孟郊最重要的小傳。有關孟郊性格及詩歌成就，辛文房說道：

二十一 敖陶孫《臞翁詩評》，同上。

二十二 元．辛文房《唐才子傳》卷五　傅璇琮主編《唐才子轉校箋》第二冊（北京，中華書局，一九八九年三月）頁五〇二至五一八。

郊拙於生事，一貧徹骨，裘褐懸結，未嘗俛眉為可憐之色。然好義者更遺之。工詩，大有理致，韓吏部極稱之。多傷不遇。年邁家空，思苦奇澀，讀之每令人不懽，如：「借車載家具，家具少於車。」如〈謝炭〉云：「吹霞弄日光不定，暖得曲身變直身。如〈下第〉云：「棄置復棄置，情如刀劍傷。」之類，皆哀怨清切，窮入冥搜。其〈初登第〉吟曰：「昔日齷齪不足嗟，今朝曠蕩思無涯。春風得意馬蹄疾，一日看盡長安花。」當時議者亦見其氣度窘促，卒飄淪薄宦，詩讖信有之矣。

按辛文房對於孟郊傲骨的描述，大致概括孟郊詩文而成。「工詩有理致」及「思苦奇澀」為《新唐書》本傳語。其餘為就計有功《唐詩紀事》、蔡正孫《詩林廣記》所載文字，融鑄而成。所引詩篇，皆為為孟郊傳誦之句。

關於孟郊詩的前承問題，明．宋濂〈答章秀才論詩書〉提出：「孟東野陰祖沈、謝，而流於蹇澀。」之說，這是將孟詩與六朝詩連上關係，惜未有進一步之說明。明．楊慎則針對個別詩篇，說明孟詩。如其《升庵詩話》卷九引孟郊〈感懷〉一首，說：「此詩似阮嗣宗。」再如《升庵詩話》卷十一說：「李賀孟郊，祖騷宗謝。」雖其比附對象仍可商榷，對於後世鑑賞孟郊詩，有其一定的助益。

至於孟郊的作風問題，明．屠隆《唐詩類苑序》有：「東野苦心，其詩枯瘠。」之說，明．許學夷《詩源辨體》卷二五說：

東野五古不事敷敘而兼用興比，故覺委婉有致。然皆刻苦琢削，以意見為詩，故快心露骨而多奇巧耳。此所以為變也。[二十三]

《詩源辨體》卷二五又說：

東野詩諸體僅十分之一，五言古詩居十之九，故知其專工在此。然其用力處皆可尋摘，大要如連環貫珠，此其所長耳。

孟郊長於五言之說，唐人早已言之，因此，許學夷此說實無新意。然而論及孟郊「不事敷敘，兼用比興」以及「以意見詩」則就其創作手法立言，則頗有參考價值。至於孟郊詩之評價，明人亦呈毀多於譽之情況。明．高棅《唐詩品彙．總序》說：

下暨元和之際，則有柳愚谿之超然復古，韓昌黎之博大其詞，張、王樂府，得其故實，元白序事，務在分明，與夫盧仝李賀之鬼怪，孟郊賈島之饑寒，此晚唐之變也。[二十四]

其《唐詩品彙．敘目．韓愈孟郊》又說：

[二十三] 明．許學夷《詩源辨體》卷二五，轉引自陳伯海編《唐詩論評類編》（山東教育出版社，一九九三年一月）頁一二二四。

[二十四] 明．高棅《唐詩品彙．總序》（台北，學海出版社，一九八三年七月）頁九。

東野少懷耿介，齷齪困窮。晚擢巍科，竟淪一尉。其詩窮而有理，苦調淒涼，一發於胸中，而無吝色。如古樂府等篇，諷詠久之，足有餘悲，此變中之正也。余合二公詩為一卷，所以幸其風之便猶有存者，故曰正變。[二十五]

高棅在確定唐詩的分期基礎上，將入選的作家分為正始、正宗、大家、名家、羽翼、接武、正變、餘響、旁流等九格。將初唐視為正始，盛唐為正宗、大家、名家、羽翼，中唐為接武，晚唐為正變。每個時代不同作家的詩藝面貌都有闡明。從這一段論述，我們不難獲悉孟郊在明朝初期，擁有其一定的歷史地位。

其後，明．陸時雍、王世貞之批評便十分嚴苛，幾乎一無是處。如陸時雍《詩鏡》說：

孟郊詩之窮也，思不成倫，語不成響。有一二語總槁衷之瀝血也。自古詩人，未有拙於郊者。……予嘗讀孟郊詩，如嚼木瓜，齒缺舌播蔽，不知味之所在。賈島詩如寒虀，味雖不和，時有餘酸薦齒。[二十六]

明．王世貞在《藝苑卮言》中，更是斬絕認爲：

[二十五] 同上，頁五一。

[二十六] 明．陸時雍《詩鏡》，轉引自丁福保編《歷代詩話續編》（台北，木鐸出版社，一九八三年二月）頁一四二一。

元輕白俗，郊寒島瘦，此是定論。[二十七]

明．謝榛則有不同的看法，在《詩家直說》說：

予夜觀李長吉孟東野詩，皆造語奇古，正偏相半，豁然有得，併奪搜奇想頭。去其二偏：險怪：如夜壑風生，暝巖月墜，時時山精鬼火出焉；苦澀：如枯林朔吹，陰崖凍雪，見者靡不慘然。予以奇古為骨，平和為體，兼以初唐盛唐諸家合而為一，高其格調，充其氣魄，則不失正宗。[二十八]

謝榛早年雖與王世貞李攀龍往來，結社論詩，名重一時。後來王李與謝交惡，削其名於七子之列。謝榛論詩的觀點比王世貞開闊，對於孟郊詩更能夠給予同情的理解。在這一段論述中，認為「險怪」、「苦澀」，是李賀、孟郊詩的「兩偏」，若能去其兩偏，在格調、氣魄上再作努力，兩家詩皆不失為正宗。此說十分有見地。

在竟陵派詩人中，譚元春頗能欣賞孟郊的詩藝。《譚友夏合集．郊寒辨》說及自己對於詩的要求很高：「詩有作至數十首而泛泛言一無深者，嘗置諸箱笈几案間，只如無物。」其友朱無易提出孟東野詩，相與討論，譚元春說道：

予目為貌險而其神坦，志栗而其氣澤。其中〈送淡公〉、〈弔盧殷〉、〈石淙〉、〈峽哀〉動

二十七 明．王世貞在《藝苑卮言》卷四，轉引自丁福保編《歷代詩話續編》（台北，木鐸出版社，一九八三年二月）頁一〇一二。

二十八 明．謝榛《詩家直說》，轉引自喻學才、華忱之《孟郊詩集校注》附錄（人民文學出版社，一九九五年十二月）

踰十首。入其題如一入巖壑；測其旨，如測一封象。其於奇險高寒真所謂生於性、長於命而成如故者。郊寒島瘦，元輕白俗，非不足於詩之言也。豈苟然而已哉？[二十九]

由於明代竟陵派文人，在詩文方面主張「幽深孤峭」，因此對於詩人往往「察其幽情單緒孤行靜寄於喧雜之中，而乃以其虛懷定力，獨往冥遊於寥廓之外。」（鍾惺《詩歸．序》）對於孟郊幽獨之情、神行之旨、奧衍之境，特別能夠賞識。所舉的幾首正是孟詩中奇險的組詩。

綜觀元明階段，對於孟郊雖有愛、憎兩極的批評傾向，但是對於孟郊的評騭大體上都從詩藝的角度出發，且有一定的深度與理論意義。在高棅、鍾、譚的唐詩選集上，可以看出：在明代文人心目中，孟郊詩並非完美，但是肯定他創變的苦心。明人論詩有強烈的門派意識，王世貞、謝榛等人的批語，受到後七子「詩必盛唐」觀念的影響，評價自不可能太高。反而是明代後期的竟陵派，與孟郊氣味相投，予定以一定程度的賞愛與肯定。

[二十九] 明．譚元春《譚友夏合集．郊寒辨》轉引自喻學才、華忱之《孟郊詩集校注》附錄（人民文學出版社，一九九五年十二月）頁六五五。

伍．清代時期

一．前賢評孟資料的檢討

自蘇軾提出「郊寒島瘦」、元遺山提出「詩囚」、嚴羽提出「使人讀之不懽」的評語以後，獲得不少清代的論者的讚同與附和。如清．薛雪《一瓢詩話》：「詩囚二字，新極趣極。」[三十]再如清．翁方綱《石洲詩話》卷三云：「孟東野詩寒削太甚，令人不歡，刻苦之至，歸於慘慄，不知何苦而如此？坡公謂孟郊詩二首，真善為形容！」[三十一]兩家之說具有相當的代表性。

不過也有為數不少的修正意見。如清．沈德潛《唐詩別裁》卷四說：「島瘦固然，郊之寒，過求高深，鄰於刻削。其實從真性情流出，未可與島並論也。」清．胡壽芝《東目館詩見》卷四以為：「東野清峭，意新音脆，亦少疲薾語，烏得以寒概之？⋯遺山耳食亦謂詩囚，豈非剋刻太過？過亦不細。」清．潘德輿《養一齋詩話》卷一、卷九更摘錄不少孟郊詩句，使用不少篇幅印證：「孟郊不專於寒，也不專於苦」，而且東坡並非全然不喜孟郊詩句，何況孟郊筆力高簡，當時除韓愈、柳宗元、張籍，無人可以匹敵。再如：清．賀裳《載酒園詩話》、清．施補華《峴傭詩話》，都是孟郊的知音，其資料不再贅引。

[三十] 清．薛雪《一瓢詩話》，轉引自丁福保編《清詩話》（台北，木鐸出版社，一九八八年九月）頁七〇五。

[三十一] 清．翁方綱《石洲詩話》卷三（台北，木鐸出版社，一九八二年五月）

二．孟詩的評賞與比較

由於清人對孟詩鑑賞極為精細，因此針對個別的詩篇，提出不少新穎的批評。如清．賀裳《載酒園詩話．又編》評〈遊子吟〉：「真是六經鼓吹，當與韓退之〈拘幽操〉同為全唐第一。」清．吳喬《圍爐詩話》有相同的批評。再如清．沈德潛《唐詩別裁》卷四評〈列女操〉：「寫貞心下語斬絕。」評〈長安羈旅行〉：「『直木』一聯傳出君子之品。」評〈聞砧〉：「竟是古樂府。」這些批語，極有見地，故深受後世論者的重視。

清．方南堂《輟鍛錄》曾說「孟東野集不必讀，不可不看。」可是他仍然舉出孟郊著名的篇章如〈列女操〉、〈塘下行〉、〈去婦詞〉、〈贈文應、道月〉、〈贈鄭魴〉、〈送豆盧策歸別墅〉、〈遊子吟〉、〈送韓愈從軍〉為例，說孟郊詩：「運思刻，取逕窄，用筆別，修詞潔，不一到眼，何由知詩中有如此境界耶？」[三十二] 清．馬星翼《東泉詩話》卷第一云：

> 東野清極澈骨，顧亦有句云：「文士莫辭酒，詩人命屬花。」殊不類其為人也。詠〈石淙〉句：「日月凍有稜，霜雪空無影。」乃自寫其詩格。「飲君江海心，詎能辨淺深。」此東野贈張將軍句。近人不知所從出，乃誤用「飲君心於江海」，斯劣矣。「砥行碧山石，結交青松枝。」

[三十二] 清．方南堂《輟鍛錄》轉引自陳伯海編《唐詩論評類編》（山東教育出版社，一九九三年一月）頁一二二六。

亦東野答友人句，「松色不肯秋，松月寒色青，識志唯寒松。」皆東野句。[三十三]

清・宋長白《柳亭詩話》說：

孟東野〈懷南嶽隱士〉詩：「飯不煮石喫，眉應似髮長。楓貍揞酒甕，鶴虱落琴床。」枯寂之狀，一一畫出。[三十四]

《柳亭詩話》又說：

又有〈宿僧房欲登高閣〉詩，其起句曰：「欲上千級閣，問天三四言。」其落句曰：「一寸地上語，高天何由聞。」即古樂府：「靖之吐高吟，舒憤訴穹蒼」之意。

馬星翼與宋長白都是沿用傳統「摘句評賞」的方式，對於孟郊的個別詩篇，做了精湛的評論。值得注意的是：這些評論，不僅是技巧的論析，還延伸到作家詩格、人格、以及時人的倣效的評論，跨躍的批評領域與較大，與一般印象式的摘句評賞不同。

三十三 清・馬星翼《東泉詩話》卷第一，轉引自喻學才、華忱之《孟郊詩集校注》附錄（人民文學出版社，一九九五年十二月）頁六七六。

三十四 清・宋長白《柳亭詩話》轉引自喻學才、華忱之《孟郊詩集校注》附錄（人民文學出版社，一九九五年十二月）頁六八二。

三・孟詩前承的問題

有關孟郊詩歌的前承問題，也是清代詩論者經常觸及的項目，可惜都是點到為止，少有進一步的探討。明代對於孟郊的前承問題早有「陰祖沈、謝」、「似阮嗣宗」、「祖騷宗謝」之論；至於清人則有「從風騷來」、「從古歌謠來」、「從漢樂府來」、「出於鮑照」等說法。「孟郊詩從風騷來」之說，是沈德潛的看法。按清・沈德潛《說詩晬語》卷上說：

孟東野詩，亦從風騷中來，特意象孤峻，元氣不無斲削耳。[三十五]

早在韓愈〈薦士〉中，已推崇過孟郊：「作詩三百首，窅默咸池音。」孟郊自作的詩如〈讀張碧集〉有謂：「天寶太白歿，六義已銷歇。大哉國風本，喪而王澤竭。」〈贈蘇州韋郎郎中使君〉也說：「塵埃徐庾詞，金玉曹劉名。」從這些資料來看，孟郊詩「上承六義，歸於雅正」的傾向十分明顯。因此沈德潛認為孟郊「從風騷來」是很正確的。

至於「孟郊詩從古歌謠、漢樂府來」，是喬億的看法。按清・喬億《劍谿說詩》卷上說：

孟郊詩筆力高古，從古歌謠、漢樂府中來，而苦澀其性也。勝元白在此，不及韋柳在此。[三十六]

[三十五] 清・沈德潛《說詩晬語》卷上，見蘇文擢《說詩晬語詮評》（台北，文史哲出版社，一九八五年十月）頁二〇九。

孟郊詩五百餘首，十之八九為五古及樂府詩，而且斲削枝葉、勘落風華、歸於樸質。這或是喬億認定孟郊詩從「從古歌謠、漢樂府中來」的主因。洪亮吉甚至認為：「孟東野詩篇篇皆似古樂府，不僅〈游子吟〉、〈送韓愈從軍〉諸篇而已也。」（《北江詩話》卷六）都是從這一個角度出發。

至於「孟詩學鮑照句格」，則是方東樹的主張。按清．方東樹《昭昧詹言》卷一說：

薑塢先生曰：「筆瘦多奇，自然是小，如《穀梁》、孟郊詩是也。大家不然。」孟東野出於鮑明遠，以〈園中秋散〉諸篇觀之可見。但東野思深而才小，篇幅枯隘，氣促節短，苦多而甘少耳。[三十七]

清．方東樹《昭昧詹言》卷六〈鮑明遠〉說：

杜韓常取鮑句格，是其才力能兼之。孟東野、曾南豐專息駕於此，豈曰非工？然門徑狹矣。[三十八]

清．方東樹《昭昧詹言》卷六〈園中秋散〉說：

起二句先寫愁思，為散字伏根。甚佳氣交四句，寫園中之景，月戶二句逼取散字。流枕四句，

[三十六] 清．喬億《劍谿說詩》卷上　郭紹虞編《清詩話續編》（台北，木鐸出版社，一九八三年十二月）頁一〇八三。

[三十七] 清．方東樹《昭昧詹言》卷一〈通論五古〉（臺北，廣文書局，一九六二年八月）

[三十八] 清．方東樹《昭昧詹言》卷一〈通論五古〉（臺北，廣文書局，一九六二年八月）

正寫散字。散之而不能散也。收結言：能得賞音，我豈不能彈古調乎？則思散矣。……此直書胸臆即目，而情景交融，字句清警真孟郊之所祖也。旦郊才小時見窘迫之形，明遠意象才調自流暢也。[三十九]

以上所舉，是清人對於孟郊詩的淵源前承所作的探討。大都經由比較、推論而來，雖然如此，卻對後世研究孟郊的人，提供極可寶貴的啟發。

四．孟郊的聯句唱和

所謂「聯句」，在六朝以前稱為「連句」。據宋．曾慥《類說》卷五一引《樂府解題》：「連句起自漢武帝柏梁宴作，人各一句，連以成文。」漢武帝元封三年，作柏梁臺，詔羣臣二千石，有能為七言詩者，乃得上坐。於是武帝與羣臣共賦七言，句句用韻，一句一意，連綴成詩，後人遂稱此種詩體為「柏梁體」。其後宋孝武〈華林都亭曲水聯句效柏梁體詩〉、梁武帝〈清暑殿效柏梁體〉、北魏孝文帝〈縣瓠方丈竹堂饗侍臣聯句詩〉諸詩，都是倣作。

韓孟詩人集團的聯句詩共有十五首，篇名分別是：〈遠遊聯句〉、〈會合聯句〉、〈納涼聯句〉、〈同宿聯句〉、〈雨中寄孟刑部幾道聯句〉、〈秋雨聯句〉、〈城南聯句〉、〈鬪雞聯句〉、〈征蜀

三十九 清．方東樹《昭昧詹言》卷一〈通論五古〉（臺北，廣文書局，一九六二年八月）

聯句〉、〈遣興聯句、〉〈有所思聯句〉、〈贈劍客李園聯句〉、〈莎珊聯句〉、〈石鼎聯句〉。除〈莎珊聯句〉、〈石鼎聯句〉兩首未參加，其餘孟郊都有參與。有關聯句的論述數量也很多，茲舉清．方世舉及趙翼兩家為例。清．方世舉《蘭叢詩話》說：

> 韓、孟聯句，是六朝以來聯句所無者，無篇不奇，無韻不險，無出不扼抑人，無對不抵當住，真是國手對局。然而難，若郾城軍中與李正中聯者，則平正可法。李賀有〈昌谷〉五古長篇，獨作也，而造句與韓、孟〈城南聯句〉同其險阻，無怪退之早已愛之仿之矣。然萬不可學。四十

方氏雖然肯定韓孟聯句的奇險，卻強調「萬不可學。」清．趙翼在《甌北詩話》卷三便使用極大的篇幅討論韓、孟的聯句詩。趙翼特別留意到韓愈在其他詩文中對於孟郊深表傾倒，在聯句詩則「必字字爭勝，不肯稍讓」，為他認為是兩人：「趣尚略同，才力又相等」正因為工力悉敵，不肯相讓，成就了聯句史上的奇觀。清．趙翼《甌北詩話》說：

> 今觀《韓集》中，〈會合聯句〉則昌黎及孟郊、張籍、張徹四人所作；〈石鼎聯句〉則軒轅彌明、侯喜、劉師命所作，獨無昌黎名，或謂彌明即昌黎託名也；〈郾城夜會聯句〉，則昌黎與李正封作；其他如〈同宿〉一首、〈納涼〉一首、〈秋雨〉一首、〈雨中寄孟幾道〉一首、〈征蜀〉一首、〈城南〉一首、〈遠遊〉一首、〈鬥雞〉一首、皆韓孟二人所作。大概韓、孟俱好

四十 清．方世舉《蘭叢詩話》轉引自郭紹虞編《清詩話續編》（台北，木鐸出版社，一九八三年十二月）頁七七五至七七六。

奇，故兩人如出一手；其他則險易不同。然即兩人聯句中，亦自有利鈍。惟〈鬥雞〉一首，通篇警策。〈遠遊〉一首，亦尚不至散漫。〈征蜀〉一首，至一千餘字，已覺太冗，而段落尚覺分明。至〈城南〉一首，則一千五六百字，自古聯句，未有如此之冗者。以〈城南〉為題，景物繁富，本易填寫，則必逐段勾勒清楚，方醒眉目。乃遊覽郊墟，憑弔園宅，侈都會之壯麗，寫人物之殷阜，入林麓而思遊獵之娛，過郊壇而述禋祀之肅。層疊鋪敘，段落不分。則雖更增千百字，亦非難事，何必以多為貴哉？近時朱竹垞、查初白有〈水碓〉及〈觀造竹紙〉聯句，層次清澈而體物之工，抒詞之雅，絲絲入扣，幾無一字虛設。恐韓孟復生，亦嘆以為不及也。四十一

清．趙翼《甌北詩話》又說：

聯句一種，韓、孟多用古體，惟香山與裴度、李絳、李紳、楊嗣復、劉禹錫、王起、張籍皆用五言排律。此亦創體。四十二

在《甌北詩話》中，趙翼不但說明了各首的優劣得失，還平行比較韓孟聯句與唐人其他聯句作品在體式上的不同，以及清代朱竹垞、查初白〈水碓〉、〈觀造竹紙〉聯句之不遑多讓。這些資料，均極有見地。

四十一 清．趙翼《甌北詩話》卷三，轉引自郭紹虞編《清詩話續編》（台北，木鐸出版社，一九八三年十二月）頁一一六七。
四十二 郭紹虞編《清詩話續編》（台北，木鐸出版社，一九八三年十二月）頁一一六四。

五・五古的成就與詩風的描述

（一）五言詩的成就

雖然孟郊專擅五言已非新鮮的論題，但是清人對於孟郊五古的成就與特色，仍作成別具意義的闡述。清・沈德潛《唐詩別裁》曾提到：

> 貞元、元和以降，詩家尊尚近體，于古風漸薄，五言古尤入淺率。沿及宋元，尠遵正軌，復古轉在明代也。茲於柳子厚、孟東野後，所采寥寥。惟恐歧途紛出，學詩者靡所適從也。[四十三]

按沈德潛的《唐詩別裁》於柳宗元、孟郊之後，所采趨於謹慎，原因是近體詩——尤其是「視野寒狹，意象精密」的五律，在此後有一段繁榮期。當時的五古已乏大家。如此來看，孟郊的五古，在沈德潛編選《唐詩別裁》時，實有一定程度的標誌意義。再如清・胡壽芝《東目館詩見》卷一說：

> 東野五言兼漢魏六朝體，真苦吟而成其劌目鉥心，致退之嘆為「咸池音」者。須于句法、骨力求之，不然退之拔鯨牙手，何取乎憔悴枯槁？[四十四]

四十三 清・沈德潛《唐詩別裁》卷四〈李觀韓愈別兼獻張徐州〉（上海古籍出版社，一九七九年一月）頁一三八。

四十四 清・胡壽芝《東目館詩見》卷一轉引自陳伯海編《唐詩論評類編》（山東教育出版社，一九九三年一月）頁一二二七。

按「東野五言兼漢魏六朝體」且須於「句法、骨力求之」是胡壽芝對於孟郊五古的卓見，似乎揭開了韓愈極力推許孟郊詩的謎底。又清．金湛生《粟香隨筆．三筆》說：

> 五言肇興，至唐將及千載，故其境象尤博。即以有唐論之，陳、張為先聲，王、孟為正響，常建、劉昚虛幾於蘇、李天成；李頎、王昌齡不減曹、劉自得。陶翰慷慨，喜言邊塞；儲光羲真朴，善說田家；岑嘉州峭壁懸崖，峻不得上；元次山松風澗雪，凜不可留；李供奉襟情倜儻，集建安、六代之成；杜員外氣韻沉雄，盡樂府古詞之變。韋、柳以澄淡為宗；錢、李以風標相尚。韓、孟皆戛戛獨造，而塗畛又分，樂天若平平無奇，而裨益自遠。其他一吟一咏，各自成家，不可枚舉。於戲！其極天下之大觀乎！[四十五]

又清．施山《望雲詩話》說：

> 自王、孟、韋、柳、東野以後，千餘年來，無有以五古名家者。摹古調則聲存而實寡，抒己意則體格卑庸。

從上述資料，大致可以看出清人很看重孟郊五古「戛戛獨造、塗畛別具」的作風，從而五古的發展史

四十五　清．金湛生《粟香隨筆．三筆》轉引自喻學才、華忱之《孟郊詩集校注》附錄（人民文學出版社，一九九五年十二月）頁六八七。

上，給予其一定程度的肯定。

（二）孟郊詩風的描述

清人對於孟郊詩風，雖認定其「生澀仄僻」但仍肯定「中有雋語，足以驚神。」（毛先舒〈題孟東野集〉）；雖認定「孟東野蜇吻澀齒」，「然自是盤餐中所不可少。」（管世銘《讀雪山房唐詩序例》）；雖成「僻澀一體」，肯定「東野古詩神旺興來，天骨開張，不特追逐李杜，抑且希風和漢京。」（許印芳《詩法萃編》卷六〈跋司空圖「與王駕評詩書」〉識語）清人關於孟郊詩風的論評，除了沿襲前說，討論其「寒」、「苦」、「蹇澀」之外，往往能以意象語作更為精細的描述。如清．方世舉《蘭叢詩話》說：

徐文長有云：「高、岑、王、孟固布帛菽粟，韓愈、孟郊、盧仝、李賀，卻是龍肝鳳髓，能舍之耶？」此當王、李盛行之時，真如清夜聞晨鐘矣。余嘗因此言，而效梁人鍾嶸《詩品》，為四家品藻：韓如出土鼎彝，土花剝蝕，清綠斑爛；孟如海外奇楠，枯槁根株，幽香緣結；盧如脫砂靈璧，不假追琢，秀潤天成；李如起網珊瑚，臨風欲老，映日澄鮮。四十六

清．方世舉《蘭叢詩話》又說：

四十六 方世舉《蘭叢詩話》轉引自郭紹虞編《清詩話續編》（台北，木鐸出版社，一九八三年十二月）。

孟郊集截然兩格，未第之前，單抽一絲，裊繞成章。……。及第後，變而入于昌黎一派，乃妙。且有昌黎所不及，比兩人〈秋懷〉可知也。東坡全目之為苦蟲風味，誠苦矣。得無有橄欖回味耶？余少不知，老來咀嚼之。昔聞竹垞先生稱其略去皮毛，孤清骨立。余漫戲云：「宋人說部有妓瘦而不堪，人謂之風流骸骨，孟詩是也。」今媿悔之。

方世舉在詩學上主張「宗唐、宗杜」，乾隆時撰有《韓昌黎詩集編年箋注》，對韓、孟詩體之辨識極精。方氏以「海外奇楠，枯槁根株」形容孟詩之「幽香緣結」，或可理解；以「風流骸骨」形容孟詩，則略感比擬不倫。清人以意象語作風格描述，尚有清．田雯：「讀郊、島、皮、陸詩，如逢幽花異酒，別有賞心」（《古歡堂集．雜著》卷一）、清．牟顧相《小澥草堂雜論詩》：「孟東野詩如夜風黑玄，石言不息。」等，雖無太大批評的意義，對於孟郊詩風的領會，卻有一定程度的啟示作用。

六．關於孟詩的價值評估

清人對於孟詩大體能夠見到優、劣兩面，因此對孟郊的價值評估，能持比較客觀的態度。趙翼《甌北詩話》曾將中唐韓、孟、元、白四家詩分為「奇警」與「坦易」兩大創作傾向加以論述，他說：

中唐詩以韓、孟、元、白為最。韓、孟尚奇警，務言人所不敢言；元、白尚坦易，務言人所共欲言。試平心論之：詩本性情，當以性情為主。奇警者，猶第在詞句中爭難鬥險，使人蕩心駭目，不敢逼視，而意味或少焉。坦易者多觸景生情，因事起意，眼前景、口頭語，自能沁人心脾，耐人咀嚼。此元、白較勝於韓、孟。世徒以輕俗訾之，此不知詩者也。元、白二人才力相敵，然香山自歸洛之後，益覺老幹無枝，稱心而出，隨筆抒寫，並無求功見好之意，而意趣橫生，一噴一醒，視少年與微之各以才情工力競勝者，更進一籌矣。故自成大家，而元稍次。四十七

趙翼是乾、嘉時期「三大家」之一，與袁枚、蔣士銓齊名。但是論述孟郊詩的態度則與同時的袁枚、翁方綱微有不同。袁枚在《隨園詩話》、翁方綱在《石洲詩話》中均無好感，而趙翼對於孟詩之長處與限制，皆有觸及，此論雖比較傾向元、白，大體還算持平。

乾嘉時期的大學者紀昀，對於孟郊也有極為中肯的評論。紀昀本無論詩專著，清人邵承照輯錄紀昀論詩之語，成《紀河間詩話》三卷。紀昀論詩主張：「詩本性情者也」。在《瀛奎律髓刊誤》〈送遠吟〉批語：「刻意苦吟，字字沉著。苦語是東野所長。」在《四庫全書總目提要》卷一百五十〈孟東野集敘錄〉說：

郊詩託興深微，而結體古奧，唐人自韓愈以下莫不推之，自蘇軾詩：「空螯」、「小魚」之誚，始有異辭，元好問〈論詩絕句〉乃有「東野窮愁死不休，高天厚地一詩囚。」之句，當以蘇尚俊邁，元尚高華，門徑不同，故是丹非素。究之郊詩品格，不以二人之論減價也。四十八

四十七《甌北詩話》卷三，轉引自郭紹虞編《清詩話續編》（台北，木鐸出版社，一九八三年十二月）頁一一六七。

四十八清．紀昀《四庫全書總目提要》卷一百五十〈孟東野集敘錄〉。

紀昀就創作者的角度主張最高的創作理想是：「其思濬發於性靈，其意陶鎔於學問。」[四十九]對於創作的過程認為是：「凡物色之感於外，與喜怒哀樂之感於中，兩相噴薄，發為歌詠；一如風水相遇，自然成文；泉石相舂，自然成響。」紀昀對於孟郊的哀情、苦語，顯然亦有足夠的包容與理解，故能作出「究之郊詩品格，不以二人之論減價」，這樣的論斷。

總結清代評論孟郊的論述，不但所持的角度極為廣闊，而且鞭闢入裡。孟郊詩的淵源、個別詩篇的評賞、聯句唱和、孟郊詩的風格特徵、詩歌評價、及前此提到的種種論題，都被反覆參研。清人的資料，無疑有重大的理論意義與價值。

陸·結語

孟郊生前，以五言詩方面的成就，享譽貞元、元和詩壇。獲致時人高度的肯定。並以矯激的詩格，廁身「元和體」之林，成為時人追慕的對象，在唐末五代，擁有相當高的文學地位。韓愈、李翺的獎譽推許，不遺餘力，應是主因。到唐朝末期，張為就中晚唐詩人為主，編製《詩人主客圖》，孟郊已被派入「清奇僻苦主」。雖然如此，尚能貼切概括孟郊詩的特色。

宋初孟郊仍以「寒苦」著稱，「郊寒島瘦」之評，使孟郊在詩壇地位略呈下滑之勢。兩宋重要文

[四十九] 清·紀昀《紀文達公遺集》卷九〈清豔堂詩序〉，轉引自吳宏一、葉慶炳編《清代文學批評資料彙編》（台北，成文出版社，一九七九年九月）頁四九五。

士、詩評家，均不喜孟郊苦澀的詩格。必至南宋，孟郊詩始獲得正確認識，「格致高古」、「古淡自足」，似為南宋人對於孟郊詩之印象。不幸，元好問「詩囚」之判，猶如刑罰，使孟郊再次被打入二、三流詩人之中。

元、明兩代雖有愛憎兩極的傾向，喜孟郊詩者，終為少數。辛文房《唐才子傳》「工詩有理致」及「思苦奇澀」似為元人對孟郊的觀感。明初高棅視孟郊詩為「正變」，為晚唐的變格。謝榛則以為孟郊「正偏相半」。必至公安派前驅如徐渭、竟陵派文人如鐘惺、譚元春始能對孟郊幽獨之情、奧衍之體，予以理解。然所重在孟郊「奇險」一格，而非對孟郊所有作品全盤接受。

清代論詩風氣，方法多，心胸闊。所有前代之批孟資料，皆被反覆參研。孟郊的地位，有一定程度的提高。然既非唐人的全然肯定，也非金人的否定，或明代文人的愛、憎兩極。大致採取務實之態度，充分理解孟郊生涯的寒苦，肯定孟郊託興的「深遠」與體製的「古奧」；但是也不讚許孟郊詩的過度「寒削」與「刻苦」。孟郊被推到詩歌傳統中，被檢驗、評比，對韓孟「聯句」的奇險，雖然讚歎，卻未必以為然；對孟郊樂府的古雅如經、五古的戛戛獨造、以及應有的歷史地位，則不吝給予肯定。

（本文曾於一九九七年元月十一日在逢甲大學中文系與中國古典文學研究會合辦之「第十五屆中國古典文學學術研討會」上宣讀。）

八、論孟郊〈秋懷〉詩十五首

壹．前言

在中國文學史上，很難找到類似孟郊這樣的詩人。一生遭遇坎坷不堪，卻仍然不放棄詩歌創作；他生性狷介，兀傲不屈，癡狂地吟詠自身之失志與窮窘，並創造出一種生峭而古雅之詩歌風格。賈島一度與其作風相近，然賈島為孟郊之後輩，作詩雖刻意模仿，擅長之詩體卻是五律，與孟郊之五古仍然有所不同。

司空圖在〈與李生論詩書〉曾譏諷說：「賈島詩非附於寒澀，無所置才。」[一]唐．貫休〈讀孟郊集〉卻讚歎東野詩：「清刳霜雪隨，吟動鬼神司。」[二]從史料記載來考察，其實孟郊「詩名播天下」[三]，在貞元、元和間，是一位重要詩人。「寒苦」固然是詩論家對孟郊的刻板印象，然而孟詩之格調高古，詞意精確，也的確不是尋常之人所能及；韓愈之極口推重，有其一定之道理在。筆者曾在本刊第一期析論韓愈〈秋懷詩〉十一首，深深被詩中筆勢之恣縱，寄意之多端所折服；近三年從事孟郊詩彙注工

一　見羅聯添編《隋唐五代文學批評資料彙編》（台北，成文出版社，一九七八年九月）頁二五二。
二　見《全唐詩》第十二冊（台北，文史哲出版社，一九七八年十二月）頁九二四三。
三　見唐．王定保《唐摭言》卷十，轉引自陳伯海編《唐詩論評類編》第（山東教育出版社，一九九三年一月）頁一一二三。

作，發現孟郊也有題名為〈秋懷〉的十五首五言聯章古詩，詩情與詞采，頗富特色。茲提出論析，以就教於海內方家。

諸本孟東野詩集均將〈秋懷〉詩收入卷四「詠懷下」。華忱之《唐孟郊年譜》未予繫年，夏敬觀《孟郊詩選注》註解第一首說：「此〈秋懷詩〉，乃東野老年居嵩所作。末二句思及往昔吳楚之行役也。」[四]夏注將此詩判為孟郊老年居嵩所作。考之〈秋懷〉第十首有：「曩懷沉遙江，衰思結秋嵩。」之語，其他各首的確不乏歎老之語，例如：「老泣無涕洟，秋露為滴瀝。」、「老骨坐亦驚，病力所尚微。」、「秋至老更貧，破屋無門扉。」、「老骨懼秋月，秋月刀劍稜。」、「老病多異慮，朝夕非一心。」、「老人朝夕異，生死每日中。」、「幽苦日日甚，老力步步微。」、「霜氣入病骨，老人身生冰。」。可知夏敬觀之說法甚確，惟亦未及繫年。

孟郊的老年生活十分悲苦，先是元和三年，孟郊五八歲，先喪一子。元和四年丁母憂。元和五年東野又有一個十歲幼子夭折，由〈悼幼子〉：「負我十年恩，欠爾千行淚。」可證。元和六年，又有一嬰兒夭折，孟郊為作：〈杏殤十首〉託早殞的杏花骨朵，抒發自己的哀悼。當年九月，鄭餘慶入朝擔任吏部尚書，孟郊落職。可以說孟郊到了六十一歲，仍然過著貧乏困頓的生活。孟郊在〈鄧寄陝府鄧給事〉中說：「戇人年六十，每月請二千。不敢等閒用，願為長壽錢。」可見在職期間所得微薄的俸祿，也不敢隨意支配。〈秋懷〉詩的寫作時間，應當就在這數年之間；其寫作背景，應當前述遭遇

[四] 見夏敬觀《孟郊詩選注》（台灣商務印書館《萬有文庫薈要》本，一九六五年八月）頁十四。

相去不遠。以下即分章詳為析釋，以見其獨到之詩藝。

貳．〈秋懷〉十五首分章析釋

孤骨夜難臥，吟蟲相唧唧。老泣無涕洟，秋露為滴瀝。去壯暫如翦，來衰紛似織。觸緒無新心，叢悲有餘憶。詎忍逐南帆，江山踐往昔。

起首二句，敘己夜臥難眠，但聞鳴蟲唧唧。「老泣」二句謂年老無涕洟，蓋已流之多矣。「秋露」、「滴瀝」喻己老淚，甚為精妙。以下「去壯」，昔壯也。「來衰」，今衰也。「如翦」，表其速；「如織」，狀其繁。思緒所及，萬念皆灰，故謂「觸緒無新心」；悲哀叢集，憶念不盡，故謂「叢悲有餘憶」。末二句謂此種心境，何能搭乘歸船，重踏往昔踐履之地？孟郊晚年居洛陽，母亡子夭，一事無成，故有怯歸之感。

秋月顏色冰，老客志氣單。冷露滴夢破，峭風梳骨寒。席上印病文，腸中轉愁盤。疑懷無所憑，虛聽多無端。梧桐枯崢嶸，聲響如哀彈。

起首承前章「夜臥難眠」而來，詳寫夜景。謂秋月冷照，顏色如冰。久客他鄉，心志益為薄弱。「冷露」二句，謂秋露滴面，驚破夜夢；秋風冷峭，寒澈身骨。「席上」二句，寫輾轉床褥，故身有病臥之痕。其中「腸中轉愁盤」句，以盤為喻，寫衷腸之哀愁，如盤之轉，最為新巧。以下「疑懷無憑」句、「虛聽無端」句則寫精神恍惚、心靈無著之狀。「梧桐」二句，謂寒氣凜冽，梧桐已枯，桐葉之聲，如奏哀曲，聞之生悲。本章譬喻之精巧，鍊字之艱苦，造境之寒澀，實為前所未有。

一尺月透戶，仡栗如劍飛。老骨坐亦驚，病力所尚微。蟲苦貪剪色，鳥危巢焚輝。孀娥理故絲，孤哭抽餘思。浮年不可追，衰步多夕歸。

起首以夸飾筆法寫月影之短，透戶而來；月移迅速，如劍之飛。「老骨」二句，謂強支病體，驚覺月景之短；歎病中所尚雖微，不過一尺月景，亦難從人願。「蟲苦」二句，謂秋蟲貪戀短暫之月色而哀吟，宿鳥以月影若焚輝而危鳴。其中「剪色」、「焚輝」，都是月光將盡之意。而其用字之精鍊，令人歎為觀止。「孀娥」二句，改以寡婦梳理故絲、孤坐織機而哭作比，寫東野心境之惡劣。「浮年」二句，謂浮生之年，具已往矣，不可挽回。故日暮之時，雖欲強支病軀，盤桓郊野，常感意興廢沮，衰步而歸。

秋至老更貧，破屋無門扉。一片月落牀，四壁風入衣。疎夢不復遠，弱心良易歸。商葩將去綠，繚繞爭餘輝。野步踏事少，病謀向物違。幽幽草根蟲，生意與我微。

首四句寫愈至深秋，益覺貧寒。蓋以居住破屋，門扉皆無，月光直落牀上；且家徒四壁，秋風透衣。此雖寫貧苦之狀，然意態閒遠，不落俗套。以下「疎夢」，謂夢稀。「不復遠」，謂夢境不復邈遠。「弱心」，謂心意衰頹。「易歸」，指心境易安於現狀。二句寫夢醒之際，了無意緒之狀。秋在樂為商聲，所謂「商葩」，當指秋花。所謂「去綠」，當指秋花離開枝頭。以上二句寫秋花將瘁，猶搖曳爭輝。「野步」二句，謂久未踏青。而身心病弱，擬藉自然之物略作舒解，竟不可得。「幽幽」二句，謂棲息草際的秋蟲，聲息十分微弱，可歎秋蟲竟與我同無生趣。言下不勝悲悽。

> 竹風相戛語，幽閨暗中聞。鬼神滿衰聽，恍惚難自分。商葉隨乾雨，秋衣臥單雲。病骨可剸物，酸呻亦成文。瘦攢如此枯，壯落隨西曛。裊裊一線命，徒言繫絪縕。

起首二句，謂竹風相互磨轢，戛然而鳴。暗室之中，清晰可聞。「鬼神」二句，以「鬼神」形容秋聲之詭異，以「衰聽」形容聽覺之微弱；二句連言，寫竹風戛語，詭異萬分，鬼神乎　秋聲乎　恍惚難分。孟郊善寫秋聲，將秋風寫得如此不凡。「商葉」句係就秋葉著筆，謂秋葉隨風飄落，聲乾若雨下；「秋衣」句就秋衣為言，謂秋衣單薄，如臥雲下。「乾雨、「單雲」之喻，十分新穎。以下「病骨」二句，寫其病中體衰，身骨幾可截物；病中酸吟，亦成文章。「瘦攢」二句，謂身骨之纖弱瘦削，如此秋葉之枯萎；年命之疾急衰落，若彼夕陽之西沉。「裊裊」二句，「絪縕」，指陰陽二氣交互作用之狀態，此喻造化也。二句謂己命弱如游絲，不過暫繫於天地之間而已。本詩作選辭用字，頗見匠心獨運。韓愈〈貞曜先生墓誌〉所謂：「劌目鉥心，刃迎縷解，鉤章棘句，掐擢胃腎。」又說：「神施鬼設，間見層出，唯其大翫於詞，而與世抹摋，人皆劫劫，我獨有餘。」可能就是針對孟郊「病骨可剸物。酸呻亦成文。」之類的句子而發。

老骨懼秋月，秋月刀劍稜。纖輝不可干，冷魂坐自凝。羈雌巢空鏡，仙飆蕩浮冰。驚步恐自翻，病大不敢凌。單牀寤皎皎，瘦臥心兢兢。洗河不見水，透濁為清澄。詩壯昔空說，詩衰今何憑？

本詩寫夢醒所見與感受。老骨，為孟郊自稱。首四句謂懼見秋月，蓋寒光如劍稜之絲毫不可侵犯；獨坐月下，寒魄將為之固結也。「羈雌」，指孤鳥，「空鏡」，喻月亮。「羈雌巢空鏡」，謂孤鳥巢於明亮之月下。「仙飆」，指疾風，「浮冰」，喻雲彩。「驚步」二句，謂已惟恐顛躓，故驚於行走；羅病甚重，益發不敢凌越「浮冰」。以上四句，寫中宵迷離惝恍之情境，這些情境都是孟郊半夜醒來所見。「單牀寤皎皎」二句，謂獨床醒來，見此皎皎寒光，心生戒懼之感。「洗河」二句，謂沐浴月光，如入河洗濯而不見水。而此月寒光，雖入渾濁之河，而不傷其澄明。結二句因月生感，謂昔日詩情壯盛，已屬空言無用，況今日詩思已衰，將何所聊賴乎？慨歎之意，顯而易見。

老病多異慮，朝夕非一心。商蟲哭衰運，繁響不可尋。秋草瘦如髮，貞芳綴疎金。晚鮮詎幾時？馳景還易陰。弱習徒自恥，暮知欲何任？露才一見讒，潛智早已深。防深不防露，此意古所箴。

本詩由老病多慮寫起，謂已早晚想法，有所不同。「商蟲」六句寫秋蟲（商蟲）哭泣運衰，鳴聲之繁，不可究詰；秋草枯萎如髮，霜菊仍稀疏點綴金黃（疎金）。此菊雖好，能盛開至幾時？蓋時令終將改易。以上句意，與韓愈〈秋懷詩〉第十一首：「鮮鮮霜中菊，既晚何用好？揚揚弄蜂蝶，爾生還不早。」[五]感受相同。以下「弱習徒自恥」句係就草而言，謂草性微賤，自怡踐辱之恥；「暮知欲何任」句係就菊立言，謂菊盛開，又能擔荷幾許？「露才」二句，謂已昔曾露才，即遭讒忌；經此教訓，遂深藏才智，如今城府已深。末二句，謂城府宜防，露才則無須防，此亦古人所規箴者。本章後半見借秋草與霜菊為言，以證時勢之不可違逆，露才任事宜慎選時機，此自有其現實之意義，全詩措詞凝鍊，頗富理趣。

> 歲暮景氣乾，秋風兵甲聲。織織勞無衣，喓喓徒自鳴。商聲聳中夜，蹇支廢前行。青髮如秋園，一翦不復生；少年如餓花，瞥見不復明。君子山嶽定，小人絲毫爭。多爭多無壽，天道戒其盈。

本詩起首頗富奇想，謂秋風如兵甲之聲。此即宋．歐陽修〈秋聲賦〉「又如赴敵之兵，銜枚疾走，不聞號令，但聞人馬之行聲。」數句之由來。「織織」二句就秋蟲為言，歎促織勞勞，卻不能得衣；其聲喓喓，亦徒然自鳴而已。「商聲」二句，謂已為秋風所驚動，擬至園中徜徉，奈行走不便，遂止前行。「青髮」四句謂黑髮如秋園，一經翦刈，綠意不生；年少如飢餓所生之暈眩（餓花），一瞥即不再顯現。以上四句寫人生之短暫，兼及秋景與自身之寒苦。語意奇警，「黑髮」、「餓花」之喻，尤為匪夷所思，未經人言。末尾四句以議論作結，謂君子固窮，故靜定如山；小人無節，故錙銖

[五] 見錢仲聯《韓昌黎詩繫年集釋》卷五（台北，學海書局，一九八五年一月）頁五六〇。

必爭。多爭無益年壽，天道本戒其盈，此蓋孟郊自勉之詞。

> 冷露多瘁索，枯風曉吹噓。秋深月清苦，蟲老聲麤疎。赬珠枝纍纍，芳金蔓舒舒。草木亦趣時，寒榮似春餘。自悲零落生，與我心何如？

本詩起首四句分就日夜，點染秋景。寫清晨之時，冷露多憂瘁、離散之氣息，秋風吹拂，一如大地吹噓。入夜之後，則月色清苦，草蟲已老，鳴聲麤疎。「赬珠」二句，繼寫秋實與秋榮。謂淺赤果實，掛滿枝頭，結實纍纍。金色香花，徐徐開放，蔓延成片。「草木」二句，謂草木亦知趨時而生，但見寒葩之綻放，猶如餘春之盛。結二句因物而生感。用《楚辭》：「惟草木之零落兮，傷美人之遲暮。」之句意，自悲生涯零落、不知所適，一如草木凋零，美人遲暮之莫可奈何。

> 老人朝夕異，生死每日中。坐隨一啜安，臥與萬景空。視短不到門，聽澀詎逐風；還如刻削形，免有纖悉聰。浪浪謝初始，皎皎幸歸終。孤隔文章友，親密蒿萊翁。歲綠閔以黃，秋節迸已窮。四時既相迫，萬慮自然叢。南逸浩淼際，北貧磽确中。曩懷沉遙江，衰思結秋嵩。鋤食難滿腹，葉衣多醜躬。塵縷不自整，古吟將誰通？幽竹嘯鬼神，楚鐵生虬龍。志士多異感，運鬱由邪衷。常思書破衣，至死教初童。習樂莫習聲，習聲多頑聾。明明胸中言，願寫為高崇。

本詩以大幅詩筆自述老年生活之感想與抱負。起首四句，以議論開篇，謂老人在朝夕之間，可生變故；一日之中，即有生死。故坐則啜菽飲水，但求其安；臥則萬象皆空，無所企求。「短視」四句，謂己臨老，目不明、耳不聰，足不出戶，不隨風轉逐；形如刻偶，耳目視聽，無纖悉之聰，故能轉得心安。「浪浪」句，謂我之初生，浪浪以辭初始；我之臨歿，願得皎皎以歸終。以上寫老境之生活變化。

「孤隔」二句，謂與文友如韓愈、李翺、房次卿、盧殷等睽違既久；轉與田夫野老相親近。「歲綠」二句以凝鍊筆調寫時節之變化，謂時光奔迸，歲初綠意，瞬將轉黃，秋節將盡，令人悲憫。「四時」二句，謂季節之輪轉，既如此窘迫，各種生活顧慮，自然叢集而生。以上寫文友睽隔，季節變化，萬慮叢集。

「南逸」二句，謂南方之人，身住江湖浩淼之地，較為高逸；北方之人，居處於山石磽确之中，遂較為貧困。「曩懷」二句，謂曩昔高逸之情懷，已沉沒於遙江之間，今日情懷蕭瑟，結廬於秋蒿之中。「鋤食」四句，寫隱者耕耨而食，難以滿腹；薜蘿荷衣，適足增醜。塵俗之服，未能整飭，高古詩詠，孰與相通？「幽竹」二句，謂幽竹鳴嘯，感通鬼神；利劍飛動，化為虯龍，志節之士，每多異感，命運通塞，在情實之邪正也。「常思」二句，謂己有此認識，常思伏案作書，衣袖皆破在所不惜，願得終身為童蒙師表。「習樂」四句，謂六藝須習樂，然習樂須深通樂情，若僅得其聲調，不深感於心，多成頑聾無聽之人。願寫胸中靈明之言，以顯襟抱之高崇。以上寫垂老之年，願為蒙師。

幽苦日日甚，老力步步微；常恐暫下牀，至門不復歸。饑者重一食，寒者重一衣。泛廣豈無涘？

恣行亦有隨。語中失次第，身外生瘡痍。桂蠹既潛污，桂花損貞姿。詈言一失香，千古聞臭詞。將死始前悔，前悔不可追。哀哉輕薄行，終日與駟馳。

本詩起首四句，謂幽苦日甚，體力愈微。「常恐」二句，承「步步微」而來，夸飾病體之羸弱。「饑者」二句，謂己身為貧者，但期一食之飽，一衣之暖。「泛廣」四句，謂己若擬泛舟，有河可航；若擬徜徉，有伴可從，生活不可不謂閒散矣；然常恐出語不倫，招徠禍患。「桂蠹」四句，又以蠹蟲為喻，謂桂花或因蠹蟲危害，而污其貞潔之致；詈罵之言，一經出口，將永聞臭詞。此為孟郊憂讒畏譏之感。「將死」二句，謂己既有此悔，將力持堅貞，惟恐有悔。末二句，對輕薄者流，馳逐終日，不顧細行，深致感歎，全詩充滿今是而昨非之感。

流運閃欲盡，枯折皆相號。棘枝風哭酸，桐葉霜顏高。老蟲乾鐵鳴，驚獸孤玉咆。商氣洗聲瘦，晚陰驅景勞。集耳不可遏，噎神不可逃。蹇行散餘鬱，幽坐誰與曹？抽壯無一線，翦懷盈千刀。清詩既名朓，金菊亦姓陶。收拾昔所棄，咨嗟今比毛。幽幽歲晏言，零落不可操。

本詩起首二句敘流光閃逝，一年將盡；樹枯枝折，風號不斷。「棘枝」二句繼寫秋景之蕭瑟。「風哭酸」，寫秋風哀號，聞之淒酸。「霜顏高」，寫霜葉枯黃，高懸枝頭。「老蟲」二句，以「乾鐵鳴」形容蟲鳴，以「孤玉咆」形容獸驚，奇險至極，蓋前所罕見。宋・胡仔《苕溪漁隱叢話》引《雪浪齋日記》謂此四句：「全似聯句中造語。」[六]「商氣」句寫秋聲之峭削若洗，「晚陰」句寫天色陰暗之廣（按：勞，廣也。見《詩．小雅．漸漸之石》箋），字字生造，前所未有。「集耳」二句，寫掩耳不聽，噎塞心神，仍覺秋聲之無孔不入。「蹇行」二句，寫己雖欲徐徐步行，以銷散鬱悶，或幽居清話，以敘衷腸，孰能相與為伴？「抽壯」句以線為喻，感歎壯時無一可取。「翦懷」又以刀為喻，自傷千刀猶翦不斷愁懷；兩句力寫壯志消盡、愁懷滿襟之感。

「清詩」句，眺，指謝眺，其詩清俊，故以「清詩」稱頌之。「金菊」句，陶，指陶潛，其人愛菊，故謂「金菊姓陶」。「收拾」二句謂昔之所棄，今之所惜，乃收拾舊業，感歎萬分。所謂「比毛」即如毛，此喻咨嗟，如毛之多。「幽幽」二句，寫歲月流逝、不可控扼，充滿難言之感受。

> 霜氣入病骨，老人身生冰。衰毛暗相刺，冷痛不可勝。鷕鷕伸至明，強強攬所憑。瘦坐形欲折，腹飢心將崩。勸藥左右愚，言語如見憎。聳耳噎神開，始知功用能。日中視餘瘡，暗鑷聞繩蠅。彼齅一何酷，此味半點凝。潛毒爾無厭，餘生我堪矜。凍飛幸不遠，冬令反心懲。出沒各有時，寒熱苦相淩。仰謝調運翁，請命願有徵。

本詩起首兩句，用夸飾語法，形容老病不耐霜寒。「衰毛」，指自身之體毛也。「衰毛」二句，謂其因秋霜風寒，而隱隱相刺，疼痛難忍。「鷕鷕」，本為雌雉鳴聲。「強強」，勉力之貌。「鷕鷕」

六　詳見宋．胡仔《苕溪漁隱叢話》後集，卷十一。

兩句，寫己病弱，求助之聲，若雌雉鳴叫；而旁人襄助，則勉力攬取，以資憑依。「瘦坐」二句，寫身體過分瘦弱，以致身體若欲斷折；腹中飢餓，心官若將崩潰。此處孟郊極寫病弱、飢寒之狀，實在駭人耳目。「勸藥」句，謂己未依醫師指示用藥，左右之人，皆不知如何措手。「言語」句，謂己言語不中人耳，如令人憎。「聳耳」二句，謂聳耳噎神，開啟聽官，始知耳之功用。此寫孟郊病弱，耳官不聽矣。「日中」四句，寫己審視瘡傷之情形。謂己於於中午診視餘瘡，瘡隙若聞細蠅。「彼䵷」二句就蠅生感。謂彼蠅之嗅，何其浩烈，我瘡之味，半點凝結。「潛毒」四句，謂彼細蠅，無厭潛毒，我生無多，堪為矜憐。「凍飛」四句，謂天寒地凍，蠅飛不遠，冬令反心相懲也。蠅之出沒，各有其時，而此蠅則不論寒燠，皆來相凌也。結句仰乞造化之相助，願其信而有徵也。

黃河倒上天，眾水有卻來。人心不及水，一直不復迴；一直亦有巧，不肯至蓬萊；一直不知疲，惟聞至省臺。忍古不失古，失古志亦摧，失古劍亦折，失古琴亦哀。夫子失古淚，當時落漼漼；詩老失古心，至今寒皚皚。古骨無濁肉，古衣如蘚苔。勸君勉忍古，忍古銷塵埃。

首句反用李白〈將進酒〉「黃河之水天上來。」一句，謂黃河倒向天上，眾水有迴流而來。此借物起興也。「人心」六句，譏諷人心，一往無回也。「蓬萊」，海上仙山。意謂人心不如水之直往海上也。此謂今之人心，但知直趨省臺，營求利祿而已。此為孟郊激忿之詞，當有針砭現實之意義。「忍古」四句謂當執古道而非亡失古道，蓋亡失古道，則成德之志，摧沮不存；亡失古道，則義劍且折；亡失古道，則琴不解慍。「夫子」四句謂囊昔孔子失古之淚，漼漼然下；前輩詩人，亡失古道，至今皚皚心寒。「古骨」二句，謂以古為骨者，豈有俗肉？以古為衣，則如蘚苔蒙茸。末句勸世人執持古道、銷卻塵埃作結。按劉叉嘗作〈勿執古寄韓潮州〉云：「古人皆執古，不辭凍餓悲；今人亦執古，自取行坐危。」恰與孟郊之主張「忍古執古」相反，然其嫉世忿俗之態度則一。

> 詈言不見血，殺人何紛紛。聲如窮家犬，犬竇何誾誾。詈痛幽鬼哭，詈侵黃金貧。言詞豈用多？憔悴在一聞。古詈舌不死，至今書云云。今人詠古書，善惡宜自分。秦火不爇舌，秦火空爇文。所以詈更生，至今橫絪縕。

本詩起首謂詈言毀傷，如殺人不見血。其殺人何其多哉！「聲如」句，謂詈罵之聲如窮家之犬，自狗竇向外誾誾而吠。「詈痛」二句，謂詈言毀傷，幽鬼亦將痛哭；詈言侵奪，黃金亦失其貴。此蓋師法鄒陽〈獄中上書〉：「眾口鑠金，積毀銷骨。」句意。「言詞」二句，謂詈罵之詞何需多 一聞足以憔悴。「古詈」四句，謂古之詈舌，至今未死，以其書尚在，猶詈罵云云；今人諷詠古書，允宜自分善惡。末四句謂言秦火徒然焚書，而詈毀之舌猶在，故詈言至今，仍充塞於天地。

參．〈秋懷〉十五首之創作技巧

就詩歌鍊字之層面言，孟郊詩一向有：「盤空硬語」或「字字生造」之評。〈秋懷〉詩抒情之入妙，寫景之新奇，意旨之警策，皆與不同凡響之用字技巧有關。清．沈德潛《說詩晬語》卷下嘗云：「古人不廢鍊字法，然以意勝而不以字勝，故能平字見奇，常字見險，陳字見新，樸字見色。近人挾以鬥勝者，難字而已。」[七]茲以〈秋懷〉為例，對其鍊字技巧作一驗證：

如第六首說：「詩壯昔空說，詩衰今何憑？」以「詩壯」表示壯年之詩情，「詩衰」表示老年之詩思。壯年之作已屬空言，況老年之際，詩思已衰，將何所聊賴？如此複雜之情緒，壓縮於兩句之中，用字平平無奇，卻能達成表現詩情之任務。再如第十首說：「老人朝夕異，生死每日中。」老人命若游絲，因此所謂「朝夕異」指一切可能的變故，這些變故，都有致死之虞，所以說「生死每日中」。類此詩例，足以顯示孟郊用字「平字見奇」之一面。

再如第三首說：「蟲苦貪剪色，鳥危巢焚輝。」上句「蟲苦」，指秋之蟲鳴。「剪色」，喻月色減輝（一如剪刀之剪截月色也）。句意為秋蟲貪戀月色，因月色之減輝而哀鳴。此實為孟郊之主體感受，所以本句為典型之主觀描述。下句「鳥危」，謂宿鳥之危鳴。「焚輝」指將逝之月影；句意為宿鳥巢於月影將逝之時，而危鳴不已。兩句寫秋夜之苦境，用字之險，十分警動心目。又如第十二首說：「流運閃欲盡，枯折皆相號。棘枝風哭酸，桐葉霜顏高。」「流運」指流光，「閃」字形容其快速。「閃欲盡」，敘流光閃逝，轉眼一年將盡。「枯折」指樹枯枝折之狀，「皆相號」則補足風吹之意，

七　見清．沈德潛《說詩晬語》，轉引自蘇文擢《說詩晬語詮評》卷下，（台北，文史哲出版社，一九八五年十月）頁四四二。

說枯枝在秋風吹颼之下，發出怒號。以下又舉棘枝、桐葉為襯託，說棘枝在秋風吹颼之下，所發之聲，令人聽之淒酸；桐葉經過霜露凍傷，已枯黃高掛樹梢。「酸」字亦下字甚險。由此兩例，足見孟郊在〈秋懷〉之中善用尋常字眼，表現險峭形象。

再如第二首：「秋月顏色冰，老客志氣單。冷露滴夢破，峭風梳骨寒。席上印病文，腸中轉愁盤。」「顏色冰」之「冰」，原為陳舊之字眼，本無多少表意能力，孟郊強以「顏色」「冰」連言，於是成為「顏色如冰」，此用以形容秋月之冷峭，反而甚具創意。「老客志氣單」之「單」，亦非新字，若用以表達久客他鄉之老人、志氣薄弱之景況，又是極具表現創意之措辭。「冷露滴夢破」之「滴」、「峭風梳骨寒」之「梳」，其字義皆極富於展延性，是「陳字見新」之好例。

再以第十二首：「抽壯無一線，翦懷盈千刀。」為例，「壯」指壯年，本不可「抽」，但是孟郊又以絲線為喻，遂成可「抽」。因此，「抽壯無一線」是感歎壯年時期，一無可取，思之令人傷懷；而此懷難抑，又若亂絲之不能梳理，因此再以「盈千刀」表示翦截不斷。孟郊僅用幾個樸素之字詞，卻造成鮮明而繁複之表現效果。

此外，孟郊善用疊字。〈秋懷〉詩中，如「吟蟲相唧唧」（第一首）、「幽幽草根蟲」（第四首）、「裊裊一線命」（第五首）、「織織勞無衣，喓喓徒自鳴。」（第八首）、「頳珠枝纍纍，芳金蔓舒舒。」（第九首）、「浪浪謝初始，皎皎幸歸終。」（第十首）、「明明胸中言」（第十首）、「夫子失古淚，當時落漼漼；詩老失古心，至今寒皚皚。」（第十三首）、「詈言不見血，殺人何紛紛。

聲如窮家犬，犬竇何誾誾。」（第十五首）這些疊字詞，有古人已用之者，亦不乏孟郊獨創之用法。

再就句法之層面言，夸飾修辭為〈秋懷〉詩十五首最突出之創作技巧。如第三首有：「一尺月透戶，仡栗如劍飛。」一句，意謂一尺之月影透入戶中，其移動如劍飛之速。此種說法當非事實，而為情理中所可理解之狀況，其趣味全在夸飾。再如第五首說：「商葉隨乾雨，秋衣臥單雲。」句中「乾雨」並不是雨，而是秋葉乾枯，隨風發出之颯颯聲。第五首又說：「病骨可剸物，酸呻亦成文。」身軀瘦弱得骨骼可以截物，實在瘦得令人大開眼界。今人形容人瘦，頂多說「骨瘦如柴」，孟郊此詩則進一步說「骨可剸物」，其病瘦之狀，更為驚人。再如第十一首有句云：「幽苦日日甚，老力步步微；常恐暫下牀，至門不復歸。」不過是寫其身體羸弱，竟然說暫時下牀，即可能不復歸牀，則其病體之嚴重，可知矣。他如「霜氣入病骨，老人身生冰。」（第十三首）、「衰毛暗相刺，冷痛不可勝。」（第十三首），其趣味亦在誇張。就全部十五首詩來看，某些誇飾，已至不近情理之地步。

譬喻之巧妙，為本詩另一特色。第七首「秋草瘦如髮，貞芳綴疎金。」寫秋天景致蕭條，霜菊依稀疏然點綴金黃。以「髮」譬喻秋草之乾枯，以「貞芳」喻霜菊，以「疎金」寫其零星綻放之狀，都能一新耳目。再如第八首：「歲暮景氣乾，秋風兵甲聲。」不僅寫出歲末景氣之蕭條，更將秋風肅殺之氣表現得十分突出。再如第八首：「青髮如秋園，一翦不復生；少年如餓花，瞥見不復明。」「青髮秋園」之比，猶易理解；「餓花」則為因飢餓而生之暈眩，竟用以譬喻少年之短暫，實為前所未見、不可思議之妙喻。再如第十二首：「老蟲乾鐵鳴，驚獸孤玉咆。」以「乾鐵鳴」比老蟲之鳴叫聲；以

「孤玉咆」形容獸驚亦為形象鮮明、不落凡近之巧喻。至於第五首：「裊裊一線命，徒言繫絪縕。」用「一線」命形容命若游絲，再以「裊裊」形容「一線」，「一線命」遂成「氣息尚存」之代稱；「絪縕」本指陰陽兩氣交互作用，此用以代稱造化。孟郊寫自身之病體，氣若游絲，不過一息尚存，遲早一命嗚呼，故用「繫」字表示暫繫於造化手中，這種寫法，實在令人拍案稱絕。又如第十三首說：「仰謝調運翁，請命願有徵。」「調運翁」係以擬人化之手法指稱造化，向造化請命，仰乞相助，免為繩蠅所侵。第十五首：「黃河倒上天，眾水有卻來。人心不及水，一直不復迴；」使用反用典之手法；第十三首：「忍古不失古，失古志亦摧，失古劍亦折，失古琴亦哀。夫子失古淚，當時落漼漼；詩老失古心，至今寒皚皚。古骨無濁肉，古衣如蘚苔。勸君勉忍古，忍古銷塵埃。」句句刻意強調「古」字，其反覆之技巧，亦非等閒而出。

值得注意的是〈秋懷〉十五首中，普遍使用對偶句法，如第一、二首除末尾兩句之外，其餘全為對偶句。其他各首少則兩三聯，多則五六聯，普遍運用對偶句。當然像「一片月落牀，四壁風入衣。」（第四首）之類拗折句式，在孟郊其他詩中並不少見，惟獨〈秋懷〉詩十五首，則僅此一句。

肆．〈秋懷〉十五首之風格表現

〈秋懷〉詩十五首，最短十句，最長僅一首為三十四句，其餘都在二十句以內。篇幅短小，字句不多，與孟郊其他的五古作品相類似。全詩以貧病困頓為總主題，個別詩章題旨獨立。

孟郊在寫及秋月時說：「秋月顏色冰」、「一尺月透戶」、「秋月刀劍稜」、「纖輝不可干」、「秋深月清苦」。寫及秋風時說：「俏風梳骨寒」、「聲響如哀彈」「竹風相戛語」、「秋風兵甲聲」、「枯風曉吹嘘」、「幽竹嘯鬼神」、「棘枝風哭酸」。寫及秋虫時說：「蟲苦貪剪色」、「商蟲哭衰運」、「嘤嘤徒自鳴」、「蟲老生纚疎」、「老蟲乾鐵鳴」。寫及秋花、秋草時說：「商葩將去綠」、「秋草瘦如髮」、「貞芳綴疎金」、「芳金蔓舒舒」、「寒榮似春餘」、「桂花損貞姿」。寫及秋葉時說：「梧桐枯崢嶸」、「商葉隨乾雨」、「歲綠閔以黃」、「桐葉霜顏高」。營造出一片冷峭、肅殺、詭異、枯瘠、瘁索、蕭瑟的秋景。

孟郊在詩中自稱「孤骨」、「老客」、「老骨」、「冷魂」、「老人」、「詩老」。寫及自身的貧寒時說：「秋至老更貧」、「破屋無門扉」、「秋衣臥雲單」「鉏食難滿腹」、「寒者重一衣」。述及自身之病弱時說：「席上印病文」、「病骨可剸物」、「瘦臥心競競」、「老病多異慮」、「老力步步微」、「老人身生冰」。敘及秋日之感懷時說：「叢悲有餘憶」、「來衰紛似織」、「腸中轉愁盤」、「老客志氣單」、「浮年不可追」、「詩壯昔空說」。敘及自身的忿懣時說：「露才一見讒」、「小人絲毫爭」、「古吟將誰通」、「詈言一失香」、「千古聞臭詞」、「抽壯無一線」、「冬令反心懲」、「人心不及水」等。透過生造拗折的字句反覆吟詠自身貧寒、蹇塞、病弱的處境與悲苦、無助、忿懣的情緒。

早在唐代，劉乂已有：「酸寒孟夫子」（〈答孟東野〉）[八]之稱，又說：「寒衣草木皮，飢飯葵藿根。不為孟夫子，豈識市井門。」（〈與孟東野〉）。[九]揆諸〈秋懷〉詩中反覆以貧病酸寒，吟詠成文，固知所稱近實。宋．歐楊修《六一詩話》說：「孟郊賈島皆以詩窮至死，而生平尤喜自為窮苦之句。」[十]宋．魏泰《臨漢隱居詩話》也說：「孟郊詩蹇澀窮僻，琢削不暇，真苦吟而成。」[十一]揆諸〈秋懷〉詩之琢削之工，固知苦吟成為孟郊之標籤，良有以也。宋人對於孟郊詩之自囿於樵悴枯槁，多持負面的評價，明清之詩評家始有持平之論見。例如明．胡震亨《唐音癸籤》曾說：「孟郊詩思奇澀有理致。」[十二]清．方世舉《蘭叢詩話》也曾將孟郊詩比為「風流骸骨」[十三]，此說固然不倫，然而方氏體會出孟詩有「橄欖回味」不得全目為「苦蟲風味」則為難得的慧識。

伍．結論

綜觀孟郊〈秋懷〉詩十五首，以五言古體之形式，描摹物象，驅遣悲懷，攄發忿懣，評騭世俗。反覆以哀苦之心情，描寫時光流逝、秋景之變化，因此，筆下之秋景不是天朗氣清、冷熱怡人之景象，

八　見《全唐詩》第六冊（台北，文史哲出版社，一九七八年十二月）第四四四五頁。

九　同上，頁四四四八。

十　見宋．歐陽修《六一詩話》　引自清．何文煥編《歷代詩話》上，（台北，木鐸出版社，一九八二年二月）頁二六六。

十一　見宋．魏泰《臨漢隱居詩話》，清．何文煥編《歷代詩話》上，（台北，木鐸出版社民，七十一年二月）頁三二一。

十二　見明．胡震亨《唐音癸籤》卷七〈彙評〉三（台北，世界書局，一九八五年十一月）

十三　見清．方世舉《蘭叢詩話》　引自郭紹虞編《清詩話續編》上冊（台北，木鐸出版社，一九八三年十二月）頁七八一。

而是商葉乾雨、風淒哭酸，充滿肅殺之氣息。他反覆以病體之羸弱，生活之貧寒無助吟詠成詩，因此篇中之情感不是歡暢愉悅，而是蹇塞抑鬱、淒楚可憐之情調。然而孟郊之〈秋懷〉詩，秉承老杜：「語不驚人死不休」之創新精神，在詩歌字詞層面，下過苦功，取得極高之藝術成就。

當然，孟郊為求新變，〈秋懷〉詩十五首自亦不免出現琢削過度、詩意晦澀之處，實則若能掌握孟郊之情感本質，尋得適當切入位置，反覆賞玩，不難撥雲見日，豁然開朗。孟郊本非富貴之人，〈秋懷〉詩，反覆吟詠貧寒，自然為其常情常格，心手最為得力。全詩思深慮遠，實非常人能達，堪為貧寒詩之傑作。

原載：國立中興大學中國文學系主編：《興大中文學報》，第九期（一九九六年一月）頁一一五至一三〇。

九、孟郊詩的考校與詮釋

壹．校注孟詩的緣起

大約十年前，筆者購得海外學者劉斯翰先生選注的《孟郊賈島詩選注》（遠流圖書公司版），才比較深入研讀孟郊的作品。雖然劉斯翰先生只選注孟郊詩八十餘首，卻使筆者對孟詩篇構想的新巧，措詞的生峭，情詩的淒苦，留下深刻印象。當時所能找到的選注並不多，除了劉斯翰先生的大著外，僅有夏敬觀的《孟郊詩選注》（商務印書館版）。至於全注本則僅有陳延傑於民國二十八年九月出版的《孟東野詩注》（商務、新文豐出版公司版）。有關孟郊詩的專著，亦惟華忱之的《唐孟郊年譜》（北大圖書館版）及尤信雄先生的《孟郊研究》（文津出版社版）。學界對孟郊的研究可謂相當冷落。

民國七十九年，添教授與國立編譯館合作，進行「歷代詩文集校注」計劃，總主持人羅教授邀集國內學者及筆者就歷代重要詩文集，進行校注彙評工作。鑒於歷代重要的詩文集校注，大陸地區進行已久，而且績效卓著，因此擬作的校注，儘量避免與大陸學者的工作重覆。當時業師邱燮友教授提出「孟郊詩集校注」子計劃，並邀請筆者共同執行，自民國八十一年五月開始搜集相關資料，進行版本的選擇、字句勘定、初稿寫作，至八十四年二月稿成。歷經兩年修訂、審查，迄今仍在編印中，已於八十七年十月出版。

筆者在共同執行計劃的過程中，由一全無經驗的生手，經師長友人的訓鍊、指導，獲致寶貴經驗。在此擬就《孟東野集》整理過程中考校、注釋、詮評各方面所觸及的問題，以及今後努力的方向，略作檢討說明，敬請學界方家不吝指正。

貳．孟東野詩集之成書與重要版本

一．孟詩的結集

孟郊生前創作不輟，韓愈是他最重要的詩友。韓孟交往，大約始於唐德宗貞元八年（西元七九二年）。當時孟郊四十二歲，已有相當創作成績；此由韓愈〈孟生詩〉：「作詩三百首，窅默咸池音。」即可略知一二。憲宗元和九年（西元八一四年），山南西道節度使鄭餘慶辟孟郊為節度參謀，試大理評事，赴任途中，不幸暴卒享年六十四歲。賈島在〈弔孟協律〉中悼念孟郊說：「才行古人齊，生前品位低。葬時貧賣馬，逝日哭惟妻。孤塚北邙外，空齋中嶽西。詩集應萬首，物象徧曾題。」雖是針對孟郊才高位低，一生窮窘卻作詩不輟而說。但此詩最後兩句頗值得注意。由「詩集應萬首」一句，可見孟郊在世時，作品不少；復由「物象徧曾題」一句來看，孟郊詩歌題材內容，應有相當程度的開闊性與多樣性。

韓愈張籍等私謚為貞曜先生，韓愈為作〈貞曜先生墓志銘〉，卻未替孟郊編纂遺著。直到宋初，始有詩集問世。當時雖有「汴吳鏤本」一百二十四篇。「周安惠本」十卷，三百三十一篇。「別本」五卷，三百四十篇。蜀人蹇濬纂《咸池集》二卷，一百八十篇，皆非完本。比起賈島所謂「詩集應萬首」，其遺佚之情況相當嚴重。今人所見的孟東野詩集是北宋藏書家宋敏求就當時所能見到的遺逸，編綴而成。據宋氏云：

> 東野詩，世傳汴吳鏤本，一百二十四篇。周安惠本十卷，三百三十一篇。別本五卷，三百四十篇。蜀人蹇濬用退之贈郊句纂《咸池集》二卷，一百八十篇。自餘不為編秩，雜錄之，家家自異。今總括遺逸，擿去重覆，若體製不類者，得五百一十一篇，釐別樂府、感興、詠懷、居處、行役、紀贈、懷寄、酬答、送別、雜題、哀傷、聯句十四種，又以讚書二繫於後，合十卷。嗣有所得，當次第益諸。十聯句見《昌黎集》，章章於時，此不著云。[1]

宋．晁公武《郡齋讀書志》著錄《孟郊詩集》十卷，跋尾所記之內容幾與宋敏求之後序相同。宋．陳振孫《直齋書錄解題》著錄《孟東野詩集》亦為十卷，可知是同一系統。後世所有傳本，都是根據宋敏求所編之十卷本，所以就版本而言，孟郊詩集的傳本雖多，彼此差異並不大。

---

[1] 見唐．孟郊撰《孟東野詩集》，上海涵芬樓影印明弘治己未刊本，宋敏求後序。

二・孟詩的傳本

孟郊詩集存現存版本有：宋刻本、明初抄本、明弘治十二年（一四九九）楊一清、于睿刻本、明嘉靖三十五年（一五五六）秦禾刻本、明毛晉影宋寫本、清席啟寓輯《唐詩百名家全集本》、《四部叢刊本》（據明弘治刻本景印）、《四部備要本》（據明刻本校刊）、一九三四年武進陶氏涉園據宋本影印、一九三九年商務印書館《國學基本叢書本》、一九五九年七月人民文學出版社校訂印本。

在宋刻本方面，上海古籍出版社曾在一九九四年九月出版《宋蜀刻本唐人文集叢刊》（二十三種，四十八冊）中收錄北京圖書館藏《宋蜀刻本》五卷，是目前所能見到最早的刻本，據程有慶跋尾云：

北京圖書館藏宋蜀刻本《孟東野文集》十卷，文目錄和一至五卷。半葉十二行，字二十一字，白口，左右雙欄。書內有「翰林國史院官書」及「黃丕烈」、「百宋一廛」等印，即原黃蕘圃所藏[二]。

程有慶跋尾謂：楊紹和《楹書偶錄》著錄此本為北宋刻本，傅增湘《藏園群書經眼錄》不同意此說，認為是「疏於考證，以意想推之耳。」程有慶跋尾續云：

二　見唐・孟郊撰《孟東野文集》程有慶跋，上海古籍出版社影印宋蜀刻殘本（筆者所據為上海古籍出版社，一九九四年九月出版，《宋蜀刻本唐人文集叢刊》）

本書刊於南宋中葉，內容分為樂府、感興、詠懷、居處、行役、紀贈、懷寄、酬答、送別、雜題、哀傷、聯句十四類，末卷有贊一篇，書二篇，與宋敏求〈後序〉所敘相合，是現存宋敏求本的較早版本。

《宋蜀刻本》雖是殘本，仍有很高的價值，筆者在勘定孟詩文字時，列為重要依據。至於台灣地區流傳的古本主要還是明朝的刻本。《明弘治本》與毛氏《汲古閣刻本》要以較常見。我們進行的校注，便是以這兩個本子為根據。聯經出版公司《全唐詩稿本》所據即為毛氏汲古閣刻本，上有異文及簡短的批語，十分寶貴。至於臺灣商務印書館出版的《四部叢刊本》是據明弘治刻本景印；《四部備要本》係根據明刻本校刊而成，也是值得參閱的本子。

在注本方面，夏敬觀《孟郊詩選注》先後收入《萬有文庫薈要》及《學生國學叢書》之中，民國五十四年台灣商務印書館重印《萬有文庫薈要》，十分通行。本書收錄孟詩五十三題七十八首，前附年譜及導言，注文簡短，不乏睿見；其年譜對於孟詩繫年，雖有值得商榷之處，仍有不可掩抑的參考價值。至於陳延傑在民國二十八年九月出版的《孟東野詩注》，是前此最重要的孟詩全注本。陳延傑在《孟東野詩注．序》中說：

> 余窮老江南，夙遭憂患，時放浪溪山間，顧影寡儔，其憂寒鳴咆不平之氣，與東野未嘗不同，故喜讀其詩，如見其肺肝然。亦實有感于心，而得以亂思遺老也。東野詩蘊奧難見，自宋以來，

無一人注者，曷其寂寞焉！輒為之批郤導窾，釋其章句，蓋欲以覺來者耳目熒也。余沉思此注，幾及十五年，恐有所違闕，故旦暮孜孜若此，東野有靈，亦當驚知己於千古矣。[三]

陳延傑以將近十五年的時光注解孟詩，可謂孟郊異世知音。陳延傑在中唐詩人的校注方面，成果豐碩。除本書之外，尚有：《賈島詩注》（民國二十六年上海商務印書館版）及《張籍詩注》（民國二十七年長沙商務印書館版）。陳延傑《孟東野詩注》的注文簡鍊，間有篇旨之點醒、詩法的闡發，但因陳先生刻意注明詩句來歷，時有注文與孟詩不相干之例，雖然如此，陳延傑的注本卻是自宋代以來，惟一的全注本。此書與華忱之《唐孟郊年譜》，都是深造有得，開創有功的名作。各本對孟詩的編排，都是沿用自北宋宋敏求以來的體例，分為十卷十四類，孟郊作品之中，能夠辨悉年代的詩篇不足五成，假若勉強打破過去的歸類方式，重新考徵繫年，文獻不足，難度甚高；因此我們所作的新校注，一仍舊貫，未曾變改。

三　見陳延傑注《孟東野詩注》前序，（臺北，新文豐出版公司，一九七九年八月初版）

參·考校孟詩的文獻資源

一·比勘孟詩異文的文獻舉隅

孟郊詩歷經長時期的傳抄、選錄、刊刻，以致在篇題、字句方面頗多異文。尤其是樂府詩，更是如此。孟郊的樂府詩存現六十九首，宋·郭茂倩《樂府詩集》即收錄孟郊樂府三十首，此書於察考孟郊樂府詩命題來源，頗有參考價值。茲引三條為例：

〈列女操〉為古琴曲。《樂府詩集》卷五十八孟郊〈列女操〉引《琴集》云：「楚樊姬作〈列女引〉。」

〈灞上輕薄行〉為雜曲歌辭。《樂府詩集》引《樂府古題》云：「〈輕薄篇〉，言乘肥馬，衣輕裘，馳逐經過為樂，與〈少年行〉同意。」

〈長安道〉為橫吹曲辭。《樂府詩集》引《樂府解題》卷二十三云：「漢橫吹曲，二十八解，李延年造。魏晉已來，唯傳十曲：一曰〈黃鵠〉，二曰〈隴頭〉，三曰〈出關〉，四曰〈入關〉，五曰〈出塞〉，六曰〈入塞〉，七曰〈折楊柳〉，八曰〈黃覃子〉，九曰〈赤之揚〉，十曰〈望行人〉。後又有〈關山月〉、〈洛陽道〉、〈長安道〉、〈梅花落〉、〈紫騮馬〉、〈驄馬〉、〈雨雪〉、〈劉生〉八曲，合十八曲。」

類似的例子還有：〈古樂府雜怨三首〉、〈古薄命妾〉、〈古離別〉、〈遊子吟〉、〈傷哉行〉、〈出門行二首〉、〈湘妃怨〉、〈巫山曲〉、〈空城雀〉、〈閒怨〉、〈羽林行〉、〈遊俠行〉、〈有所思〉。《樂府詩集》都注記詩題來源，此於孟郊對古樂府之前承與變創，可作對照。有些還提供異文，成為比勘篇題最佳資料。如：〈古樂府雜怨三首〉本詩為相和歌辭，楚調曲。《樂府詩集》卷四十三作「雜怨三首」。再如：〈出門行二首〉為雜歌曲辭，《樂府詩集》卷六十一收本詩。與古辭〈驅車上東門行〉、晉・陸機〈駕言出北門行〉、魏・阮瑀〈駕出北郭門行〉歸為同類。

除了《樂府詩集》，其他總集、選集如《文苑英華》、《萬首唐人絕句》、《唐文粹》也在孟郊詩作篇題、字句的考察，有一定程度的參考價值。例如：〈古薄命妾〉之題名，《唐文粹》卷一二作〈薄命妾〉。即以《弘治本》《汲古閣本》加以比對，而有小小異同。如：汲古閣本、《文苑英華》另收〈妾薄命〉一篇。弘治本則無此篇。汲古閣本另收〈望遠曲〉一篇，《弘治本》亦無此篇。此類例證甚多，不再枚舉。

二．《御定全唐詩》附注於考校孟詩的價值

國立中央圖書館（國家圖書館）所藏《全唐詩稿本》，於民國六十八年由聯經出版事業公司印行，研究使用十分方便。據劉兆佑教授的考察，此稿本是《御定全唐詩》最可能的底本。先是錢謙益以《唐

詩紀事》為本纂輯，季振宜踵其事而成。此稿本最可貴的地方在於季振宜之校勘成果。季振宜在校刊唐詩時，不僅廣收輔本，對字句之校勘，作者之審辨，態度十分嚴謹，其小注尤多新意。[四]

《全唐詩稿本》以汲古閣刻本《孟東野集》作為底稿，稿本上仍留有季振宜校改的原跡，對孟郊詩之校勘，十分寶貴。我們在作注時，曾大部份加以引錄。連同其他參纂者考證之資料，皆用《全唐詩注》標記之，不敢掠美。《御定全唐詩》的字句校勘，筆者曾持與弘治本《孟東野詩集》加以比對，發現有些異文沿自更早的版本，有些抄自《汲古閣本》附注，有些是勘改《汲古閣本》上附注的異文，有些則為季氏獨到之見。我們在校注孟詩時，為慎重起見，將《全唐詩稿本》上部份勘改或直接刪去的汲古閣本附注異文，仍予注記，以俟後考。

《御定全唐詩》對於少數孟郊詩篇章數目或編排秩序曾有更動，具有相當參考價值。茲舉兩例為證。如：卷一〈征婦怨四首〉弘治本《孟東野詩集》編排秩序如下：

良人昨日去，明月又不圓。別時各有淚，零落青樓前。
君淚濡羅巾，妾淚滿路塵。羅巾長在手，今得隨妾身；路塵如得風，得上君車輪。
漁陽千里道，近如中門限；中門踰有時，漁陽長在眼。

四　參劉兆佑〈御定全唐詩與錢謙益季振宜遞輯唐詩稿本關係探微〉，文載：屈萬里．劉兆祐主編《全唐詩稿本》第一冊，（台北，聯經出版事業公司，一九七九年）。

生在綠羅下，不識漁陽道。良人自戍來，夜夜夢中到。[五]

汲古閣本《孟東野集》附注：一刻作「二首」。《御定全唐詩》則將「君淚濡羅巾」六句，與前連屬作一首。將「生在綠羅下」四句，與前連屬作一首。[六]細按全詩，確以作兩首為是。

再如：卷九〈列仙文〉原為總題，以下〈右方諸青童君〉、〈清虛真人〉、〈金母飛空歌〉、〈安度明〉四首應為子題。但是《弘治本》、《汲古閣本》都誤將〈金母飛空歌〉、〈安度明〉兩子題合成〈金母飛空歌安度明〉，似不知孟郊在此一吟詠仙真的組詩中，係將詩題置於作品之後，以致歷來讀者誤以〈列仙文〉為第一首，〈右方諸青童君〉為第二首，〈清虛真人〉為第三首，〈金母飛空歌安度明〉為第四首，秩序完全錯亂。

《御定全唐詩》則將〈列仙文〉視之為總題，然後分別在每一首詩後標上〈右方諸青童君〉、〈右清虛真人〉、〈右金母飛空歌〉、〈右安度明〉，如此的篇章安排，始恢復孟郊〈列仙文〉之原貌。有關孟郊〈列仙文〉的問題，李豐楙先生曾作精闢的討論。[七]

五　見唐．孟郊撰《孟東野詩集》，上海涵芬樓影印明弘治己未刊本，卷一。

六　參見清聖祖御定《全唐詩》第六冊，（台北，文史哲出版社，一九七八年十二月）頁四一八四。

七　參李豐楙〈孟郊「列仙文」與道教降真詩〉，載中國唐代學會編輯委員會主編《唐代文化研討會論文集》（臺北，文史哲出版社，一九九一年七月）頁六四五至六六八。

三．歷代詩論資料的詮釋價值

孟郊為中唐時期作風突出的詩人，歷代史志、筆記、書序、詩話著作中，載有不少相關資料。這些資料內容駁雜，不乏對孟郊詩作的深究與評騭。以宋代而言，類似范成大《吳郡志》對孟郊父親的考證、吳子良《荊溪林下偶談》卷一據〈東野墓誌〉及韓愈相關作品，考證《新唐書．韓愈傳》附傳以及樊汝霖注文的錯誤；如曾季貍《艇齋詩話》、吳聿《觀林詩話》均曾記載孟郊四〈嬋娟篇〉誤收於《顧況集》。類似資料或許只是片語零縑，對孟郊出身及生平行實的考察，甚有裨益。

南宋以來不少詩話使用摘句批評的方式，評騭孟詩。例如吳可《藏海詩話》、范晞文《對牀夜語》、劉克莊《后村詩話》等書，論及孟郊詩藝時，遍及體制、聯句、用意、用韻各層面，頗多慧見。

清人對孟詩鑑賞尤為精細，針對個別的詩篇，提出不少精湛的批評。如清．賀裳《載酒園詩話．又編》評〈遊子吟〉：「真是六經鼓吹，當與韓退之〈拘幽操〉同為全唐第一。」清．吳喬《圍爐詩話》有相同的批評。清．沈德潛《唐詩別裁》卷四評〈列女操〉：「寫貞心下語嶄絕。」評〈長安羈旅行〉：「『直木』一聯傳出君子之品。」評〈聞砧〉：「竟是古樂府。」類似批語，皆極有見地，值得重視。

清．方南堂《輟鍛錄》雖曾說「孟東野集不必讀，不可不看。」卻仍舉孟郊名篇〈列女操〉、〈塘下行〉、〈去婦詞〉、〈贈文應、道月〉、〈贈鄭魴〉、〈送豆盧策歸別墅〉、〈遊子吟〉、〈送韓愈從軍〉為例，說明孟郊詩：「運思刻，取逕窄，用筆別，修詞潔，不一到眼，何由知詩中有如此境界耶？」再如清．馬星翼《東泉詩話》、清．宋長白《柳亭詩話》、清．方東樹《昭昧詹言》雖也沿用傳統「摘句評賞」的方式，詮評個別的詩篇，有時更延伸到孟郊詩格、人格、以及時人的倣效的評論，跨躍的批評領域比較大，與一般即興印象式的摘句評賞不同。都是我們在作注時極為重視的參考資料。

肆．詮釋孟詩的可能途徑

傳統的校注，就文學研究而言，只能算是「文本」的整理。因應新的文學學術要求，理應汲取新知，尋求新的詮釋工具，對古典文學進行現代詮釋。僅就孟郊詩來說，詮釋孟詩，實有若干困難與躓礙。其中最大的難題是：不少詩篇措辭柪澀，解讀為難。早在韓愈的〈薦士〉詩中，已經提及孟郊詩：「橫空盤硬語，妥帖力排奡」，在〈貞曜先生墓誌銘〉論及孟詩時，也說他的詩「劌目鉥心」、「鉤章棘句」、「神施鬼設」，顯然孟郊在詩歌創作技巧以、遣詞用字極富個人特色。在歷代評孟的論述中，如說孟詩「苦吟而成」、說孟詩「字字生造，為古來所未有」、說孟詩「筆瘦多奇」、說孟詩「意新音脆，最不凡」，皆是就字句層面而言。孟郊詩「巧搜僻鍊、盤空生造」的修辭方式，對現代的讀者言，無疑是解讀的障礙。

再者，孟郊詩諸體僅十分之一二，五言詩佔了十之八九，堪稱專工五古。孟郊以矯激的格調，苦吟的態度作詩，不像韓愈的「豪橫恣縱、刻意逞博」；反以「高度簡約、別具巧思」的短篇為之。其詩法又故反常格，詮評更加困難。

此外，孟郊一生貧寒窮窘，卻執意作詩，實有特殊的創作心態與心理需求，若未能體貼作者心靈，很難理喻孟郊反複吟詠貧病窮窘的原因。凡此皆為解讀孟詩的難題與挑戰。在此僅就思考所及，提出三點可能途徑，作為後續努力的參考。

一・孟郊內心世界的觀察與說明

文學創作是複雜的心理活動，從心理學的角度來看，作品不但反映作者表層心理狀態，更涵有潛層心理的底蘊。運用精神分析方法，不但可以探索詩歌表層的意義，並可進窺詩人深層心理的意蘊。

孟郊之生活與創作，其實是極佳的「精神分析個案」。孟郊的現實生活，貧病窮窘、飽經磨難；究竟是何種心理動力使其不斷寫作。是成就欲的煎逼？或是使命感的驅勵？是期望舒解受壓抑的願望？或是其他的需求？類似的問題，頗饒興味。孟郊創時的心智狀態、成就動機、現實矛盾、意志衝突、心理自衛等等成為頗值得考索的論題。此外，無意識活動的探討與揭示、精神官能症候群的分析與因果回溯與破解詩中具有象徵意味的物象與細節、孟郊內心世界的觀察與說明，或是應用現代學理詮釋孟詩的新途徑。

二．孟詩語言風格的分析

詩人感於事而動於情，動於情而後形於詩。雖然詩、文同以語言作為表達情思的媒介，詩歌卻有遠比文章更為特殊的性格。清人吳喬有此妙喻：「意喻之為米，文喻之為炊，詩喻之釀為酒；飯不變米形，酒形質盡變；噉飯則飽，可以養生，可以盡年，為人事之正道；飲酒則醉，憂者以樂，喜者以悲，有不知所以然者。」〈答萬季野問〉孟郊在語言運用上有何特殊？孟詩的語義有什麼意涵？孟郊寒苦、奇澀風格的形成有何語言的因素？都屬於極有意味的論題。

就筆者對孟郊語言運用的粗淺了解，舉凡情境的偏離、變形、轉換，意念的跳躍、思維的剝離、奇妙的譬喻都是孟郊詩語運用的獨特手段。其語法方面巧妙的假喻、語意上奇特的展延，都是使孟郊詩語極富個人特色的因素。若能對孟詩語言的選擇、組合、配置，語調安排等問題，運用語言風格學的方法深入考察，或能對孟詩特殊語風的形成，作出比較具有學理意義的說明。

三．讀者對孟詩的接受與訾應

晚近以來，接受美學蔚為潮流。在接受美學家心目中，作者、作品、讀者三者構成一互為影響、相互關聯的體系。在此一體系中，讀者絕非無關緊要的因素。文學作品若僅視為文字的組成物，則僅有潛在的審美價值；惟其通過讀者的接受、理解、闡釋才能成為審美對象，煥發真正的美感價值。近代的接受美學批評家常將作品比擬為樂譜，讀者喻為演奏家；認為只有進行演奏，否則無法展現樂章的優美。詩歌亦然，在不同的歷史時期，因不同讀者的解讀，自然呈現豐富的意義。這些意義，除作者所寄寓，尚融鑄讀者對於審美理想的「期待」所賦予的意義。隨著時代的變遷，每一時代的讀者，對於作品的解讀層面、審美視野，都會擴大加深，此於詩歌作品的新詮釋，大有啟示。

從孟郊詩在歷史上受到的讀者的接受與訾應來看，孟郊以五言詩享譽貞元、元和詩壇，唐・張為《詩人主客圖》列為「清奇僻苦主」，「清」、「奇」、「僻」、「苦」四字，已能涵括孟郊詩風；但宋人論孟郊詩「陋於聞道」、「寒苦」、「刻苦」、「有理致」，不論是訕笑、譏諷、訾議、質疑、肯定，都引發了後人更為深入的解釋與商榷。宋人不論是以詩論詩、或以摘句批評，或以任何形式批評孟郊作品，論見已經較前代更為精細。

元、明時期對於孟詩，固有「詩囚」（元好問語）、「思不成倫，語不成響……如嚼木瓜，齒缺舌蔽。」（陸時雍語）之類的苛刻批評；也能見到「龍肝鳳髓」（徐渭語）或「入其題，如一入巖穴；測其旨如測一封象。」（譚元春語），如此兩極化的揄揚，留給論者很大的論述空間。在清代的評論資料中，不論是評孟資料的檢討、孟詩的評賞與比較、孟詩的前承後繼問題、或是韓孟的聯句詩、五古成就、詩風的描述以及價值的評估等領域，都開發出一些具有學理意義的論題。考察歷代讀者對孟詩的接受與訾應，是一件頗饒興味的工作[八]。宋代以來，論述孟郊的角度越來越寬，論析內容越來越鞭闢入理。許多值得思考的論題，若能以接受美學的方法加以闡發，或許也能成為詮釋孟詩的新途徑。

伍・結語

孟郊以執著的態度，從事詩歌創作，在文學史上擁有一席之地。校注孟詩，實為筆者學思生涯中難得的經驗。然而字句考校、訓解，在文學研究固有其必要性，卻終究屬於「作品本體」的一個研究趨向而已。文學研究的重要職責是在讀者與作品之間擔任一個優良的中介者，發人所未發，言人所未言，以引領讀者對於既有的作品作更加深入的賞析。

當代的文學研究方法日益繁多，不論是以作者為中心的研究趨向，以文本為中心的研究趨向，以讀者為中心的研究趨向，或以社會文化為中心的研究趨向，皆以探索作家獨特的造詣、解讀作品難言的奧秘為宗旨。不管使用的方法如何，必須是有組織、合邏輯的有機系統，而且尚需估量其適用性、可行性與互補功能；最重要的是還要在一個寬廣的學術文化視野中，接受檢視與批判。

前賢常謂「文無定法」，詩歌的詮釋解讀亦乏常規。孟郊內心世界的觀察與說明、孟詩語言風格

[八] 筆者曾撰一文〈孟郊詩歷代評論資料述論〉，於一九九七年元月十一日在逢甲大學籍中國古典文學研究會合辦之「第十五屆中國古典文學學術研討會」上宣讀。

的分析、讀者對孟詩的接受與訾應，只是目前思考所及的詮釋議題。如何借助新的詮釋法，對孟郊詩作更進一步的綜合研究，是個尚待努力尋求的目標。

本文曾於：一九九七年五月三十一日在東海大學中國文學系主辦「中華文化與文學學術研討系列第三次會議：傳統文學的現代詮釋」宣讀。

國家圖書館出版品預行編目

韓孟詩論叢 / 李建崑著. -- 一版
臺北市：秀威資訊科技, 2005 [民 94]
面； 公分. --
ISBN 978-986-7263-98-8（上冊：平裝）.
ISBN 986-7263-99-5（下冊：平裝）
1. （唐）韓愈 － 作品評論
2. （唐）孟郊 － 作品評論

851.4417 94025343

語言文學類 AG0034

韓孟詩論叢(下)

作 者 / 李建崑
發 行 人 / 宋政坤
執行編輯 / 林秉慧
圖文排版 / 劉逸倩
封面設計 / 羅季芬
數位轉譯 / 徐真玉 沈裕閔
圖書銷售 / 林怡君
網路服務 / 徐國晉
出版印製 / 秀威資訊科技股份有限公司
台北市內湖區瑞光路 583 巷 25 號 1 樓
電話：02-2657-9211 傳真：02-2657-9106
E-mail：service@showwe.com.tw
經 銷 商 / 紅螞蟻圖書有限公司
台北市內湖區舊宗路二段 121 巷 28、32 號 4 樓
電話：02-2795-3656 傳真：02-2795-4100
http://www.e-redant.com

2006 年 7 月 BOD 再刷
定價：250 元

讀　者　回　函　卡

感謝您購買本書，為提升服務品質，煩請填寫以下問卷，收到您的寶貴意見後，我們會仔細收藏記錄並回贈紀念品，謝謝！

1.您購買的書名：________________

2.您從何得知本書的消息？

□網路書店　□部落格　□資料庫搜尋　□書訊　□電子報　□書店

□平面媒體　□ 朋友推薦　□網站推薦　□其他__________

3.您對本書的評價：(請填代號　1.非常滿意 2.滿意 3.尚可 4.再改進)

封面設計____　版面編排____　內容____　文/譯筆____　價格____

4.讀完書後您覺得：

□很有收獲　□有收獲　□收獲不多　□沒收獲

5.您會推薦本書給朋友嗎？

□會　□不會，為什麼？________________

6.其他寶貴的意見：________________

____

____

____

讀者基本資料

姓名：________________　年齡：______　性別：□女　□男

聯絡電話：________________　E-mail：________________

地址：________________

學歷：□高中(含)以下　□高中　□專科學校　□大學

□研究所(含)以上　□其他__________

職業：□製造業　□金融業　□資訊業　□軍警　□傳播業　□自由業

□服務業　□公務員　□教職　□學生　□其他__________

請貼
郵票

To：114

台北市內湖區瑞光路 583 巷 25 號 1 樓

秀威資訊科技股份有限公司　　　收

寄件人姓名：

寄件人地址：□□□

(請沿線對摺寄回,謝謝!)

秀威與 BOD

BOD（Books On Demand）是數位出版的大趨勢，秀威資訊率先運用 POD 數位印刷設備來生產書籍，並提供作者全程數位出版服務，致使書籍產銷零庫存，知識傳承不絕版，目前已開闢以下書系：

一、BOD 學術著作—專業論述的閱讀延伸
二、BOD 個人著作—分享生命的心路歷程
三、BOD 旅遊著作—個人深度旅遊文學創作
四、BOD 大陸學者—大陸專業學者學術出版
五、POD 獨家經銷—數位產製的代發行書籍

BOD 秀威網路書店：www.showwe.com.tw
政府出版品網路書店：www.govbooks.com.tw

永不絕版的故事・自己寫・永不休止的音符・自己唱